Ujvary · Das reine Gehirn

LIESL UJVARY

Das reine Gehirn

RITTER LITERATUR

ISBN 3-85415-205-1

Lektorat: Ralph Klever
Titelbild: Liesl Ujvary
Herstellung: Druckerei Ritter Klagenfurt

„DIE REDIGIERTE WELT“

Beschreibung Teil II

Das reine Gehirn

Mit 24 Selbstporträts der Autorin

Dann explodiert mein Leben wie eine Bombe. Diesmal ist das Fleisch nicht schwach. Sie beginnt, in einem seltsam sanften Tonfall zu sprechen. Ich spüre eine Schwäche in mir, eine Lethargie, als sei ich ausgeblutet. Niemand akzeptiert sie bis jetzt. Es stört mich nicht. Lass die Leute ... muss in Bestform sein und härteste Tests bestehen. Sie wettet ihr Leben gegen die Zukunft. Ich frage mich, ob so ein Job mir liegen würde und ob ich die Richtige dafür bin. Wir sprechen nicht miteinander. Es gibt nichts zu sagen. Alles ist vorbereitet. Alles. Ich lege die Arme schützend vors Gesicht. Sie ist zufrieden. Sie ist jung, kennt ihre Stärken und Talente, ihre Fähigkeiten und Schwächen. Ich mache es mir auf meinem primitiven Nachtlager bequem und falle in einen leichten Schlummer. Die Nacht ist voller Sturm und Raserei. Ich bin sofort vollkommen wach, alle Sinne sind gespannt. Mit geschlossenen Augen und unbeweglichem Gesicht liege ich da und lasse Nasen und Ohren arbeiten. Ich weiss, dass ich Zeit habe. Nicht viel, aber ein wenig. Es ist inzwischen heller Tag geworden. Fast unmittelbar verändert sich der Charakter der Umgebung. Sie kennt alle Tricks und Kniffe. Während ich laufe, suche ich nach etwas. Ich hocke mich hinter den Felsen und warte geduldig. Sie haben mich auf die Probe gestellt und gequält. Mich verhöhnt. Mir zugemutet, was kein Durchschnittsmensch überstanden hätte. Aber ich bin kein Durchschnittsmensch und habe es überstanden. So überlebe ich jahrelang, halte durch, erringe Sieg auf Sieg, über mich selbst und andere, und stehe nun hier vor meiner letzten Prüfung ... Mir fällt ein, dass ich eigentlich gar nicht weiss, wo das Problem liegt. Aber ich habe ohnehin meine eigenen Pläne. Der heutige Tag ist leicht gewesen. Morgen wird es anders sein. Ich höre auf, an morgen zu denken. Oder an gestern. Ich weiss, wie man im Heute lebt. Von diesem Aussichtspunkt kann ich mein ganzes Miniaturkönigreich überblicken. Es gibt Arbeit. Bleib am Treffpunkt. Mich überrascht, wie aufgeregt ich tatsächlich bin - das ist

befremdlich. Denn ich habe dieses Superwesen selbst geschaffen. Der Text wird von beiden Parteien als rechtsgültiger und bindender Vertrag betrachtet ... er impliziert, dass die Tätigkeit meiner physischen und psychischen Gesundheit ausserordentlich gefährlich werden kann. Ich bin eine Person ohne Rechtsanspruch. Sehr ordentlich. Klar und einfach. Mir gefällt fast alles an ihr: ihre Kaltblütigkeit, ihre Haltung, die Andeutung verborgener Kraft. Auch gelegentliche Anzeichen von Starrsinn, Eigenwillen und Unabhängigkeit gefallen mir. Und ihr tiefer Argwohn. Hier ist eine Frau, die nichts in gutem Glauben annimmt, nichts unbezweifelt lässt. Eine Frau, die Beweise will. Physisch perfekt. Psychisch perfekt. Und doch ... ich kann es nicht mit Bestimmtheit sagen. Ich habe noch nie so versagt. Meine ganze Methode ist darauf ausgerichtet, einen Menschen völlig umzukrempeln, ihm keine Geheimnisse zu lassen, ihm, wenn möglich, sein seelisches Gleichgewicht und seine Menschenwürde zu nehmen, ihn zu einem schwitzenden, sich krümmenden Wrack zu reduzieren. Es ist brutal, es ist grausam, aber das soll es ja auch sein. Wenn es eine Schwäche gibt, finde ich sie. Ausserdem habe ich das Gefühl, als hätte ich nicht die richtigen Fragen gestellt. Oder wenigstens nicht die eine richtige Frage. Ich glaube, es hat etwas mit ihren Beweggründen zu tun. All das vielleicht. Aber auch noch anderes. Etwas, das ich nicht einmal erraten kann, obwohl ich weiss, dass es da ist. Sehen wirs mal so: Wir sind nicht eingesperrt in das Bild, das wir uns von uns selber machen. Es könnte auch ganz anders sein ... Sie wird nämlich immer etwas zurückhalten. Ihren innersten Kern. Du kannst ihre Dienste kaufen, aber nicht sie selbst. Du kaufst keinen Automaten. Es ist dunkel geworden. Harmlos. Schwindel. Falls alles klappt.
00000000000000000000000000000000000000000000000000
00000000000000000000000000000000000000000000000000
00000000000000000000000000000000000000000000000000

Es ist ein grausames Land mit grausamen Stürmen, grausamen Gebirgen und grausamen Menschen. Ein furchterregendes Gebirge voll wüster Stürme, Schneefälle und Steinlawinen. Sollen die sich Sorgen darüber machen. Jeder weiss das. Ich bin nicht einmal ganz sicher, für wen ich eigentlich arbeite. Ich habe nichts gegen den engen Raum und die Unbeweglichkeit. Also sitze ich in der Dunkelheit, eingezwängt in meine Einzelzelle, und warte. Es muss beim ersten Mal klappen. Einen zweiten Versuch gibt es nicht. Sie wirbelt durch einen finsteren Abgrund, durch Leere, und dreht sich schwebend im Nichts. Noch kein Grund zur Sorge. Nichts hat sich je so gut angefühlt. Ich verbringe die nächsten fünf Minuten mit einer sorgfältigen Einschätzung des Windes und der Landschaft, des Himmels, der Wolken- und Felsformationen. Glück gehabt. Nicht zu nah natürlich, ich will keinen Ärger. Sie werden ihr Opfer überwältigen, wenn der Zeitpunkt gekommen ist. Ich habe nicht die leiseste Absicht, in die Sache verwickelt zu werden. Sie hat jetzt aufgehört, sich zu wehren. Gut. Sie hat nicht die Nerven verloren. Aber es ist immer noch nicht vorbei. Manche beginnen, hysterisch zu weinen. Mach dich nicht zur Zielscheibe. Ich muss die Zeit genau abpassen. Je schneller es vorüber ist, umso besser. Fertig? Sie nickt und schliesst die Augen. Ist alles synthetisch? Nicht alles. Der Augenblick geht vorüber. Es gibt kein Geld. Wir sind arme Leute. Das Dumme an der Sache ist, dass sie recht hat. Einfach so. Weg. Ich glaube, sie wartet auf eine Nachricht. Wir machen uns auf, sobald die Sonne untergeht. Die Sonne ist glühend heiss, aber der Mond bringt klirrende Kälte. Falsch. Ich weiss das, obwohl ich meinen Instinkt nicht analysieren kann. Vor mir lauert Gefahr. Ich liege vollkommen still. Gerade die Einzelheiten sind es, die mich interessieren. Ich sehe es natürlich, ich bin nicht von gestern. Eine saubere Erpressung. Was ist los? Ist das Kind in Ohnmacht gefallen? Was? Das ist bloss so eine Redensart ... Jedenfalls brauchen wir mehr Anhaltspunkte.

Wir können nichts unternehmen, so lange sie sich nicht mehr exponieren. Sie zögert und windet sich und sagt, sie sehe nicht, wie das zu machen sei. Es ist nicht fair. Lenk sie einen Moment ab. Sie wird überhaupt nichts davon merken. Und das wünsche ich mir: einen ungehinderten Redestrom, brauchbare Auskünfte. Ein bisschen Terror kann nicht schaden. Sie muss im Delirium gelegen haben. Steh auf. Du brauchst keine Angst mehr zu haben. Du kannst gehen. Der Pfad führt ständig bergab. Je tiefer wir kommen, desto dichter wird die Vegetation. Der Wind legt sich. Kurze Zeit später bemerke ich, dass sie nicht wirklich zuhört. Warum gerade jetzt? Später. Später ist noch Zeit genug für Pläne. Hier sind wir im Moment sicher. Es kümmert mich nicht, dass ich ihr weh tue. Später werde ich sanft sein - jetzt bin ich ein Tier. Sie beginnt zu schluchzen und zu schreien. Niemand kann einem das erzählen. Jeder Nerv liegt bloss. Sie schreit. Totenstille jetzt. Kein Wind. Nichts rührt sich. Das ist unnatürlich und macht mich noch vorsichtiger. Und langsamer.
000000000000000000000000000000000000000000000000
000000000000000000000000000000000000000000000000
000000000000000000000000000000000000000000000000
Fast hätte ich mich übergeben: eine Kombination aus Leichenhaus, Latrine und Pestloch. Ein Gestank nach Fieber und alten Knochen. Du musst sie jetzt fragen, jetzt gleich! Mach es auf deine Weise, in deiner Sprache, aber mach es so kurz wie möglich. Meine Gedanken laufen weit voraus. Hier soll eine Passage sein? Ich kann es kaum glauben. Sie atmet und spricht. Wie lange noch, weiss ich nicht. Es gibt Stellen, an denen man sich festhalten kann - vorausgesetzt, man findet sie. Sie hält besser durch als erwartet. Dann schweifen meine Gedanken ab. Ich beginne, Pläne für die Zukunft zu machen, ohne wirklich sicher zu sein, dass es eine Zukunft geben wird. Rendezvous wie geplant. Viel Glück. Sie lächelt grimmig. Wahrscheinlich mache ich mir unnötige Sorgen. Nicht mehr

lange, denke ich. Es wird kälter. Der Pfad wird schlechter. Nichts, um sich festzuhalten. Sie bekommt einen Krampf. Sie schreit schwach und beginnt, um sich zu schlagen. Meine Reaktion kommt gedankenschnell. Aber ich darf mich nicht überschätzen. Ein einziger unvorsichtiger Schritt, eine falsche Bewegung kann alles zunichte machen. Schau dir das an! Ich glaube, wir bekommen eine Sondervorstellung. Vielleicht eine Kombination von beiden? Ich verstehe nicht genug davon. Sie nickt resignierend. Es muss sein. Sie steht jetzt genau an der Schwelle. Sie soll mit dem Finger zeigen. Geh alles durch. Dann noch einmal. Und noch einmal. Ich beginne, Vorbereitungen für die Nacht zu treffen. Ich muss mich diskret zurückziehen und warten. Ein Fehler, einmal falsch gezählt, und alles ist vorbei. Ich liege auf dem Bauch und spüre, wie mir der kalte Schweiss über die Kopfhaut läuft. Was jetzt? Alles ist still und dunkel. So weit, so gut. Sie verdient eine Chance. Das ist alles, was ich ihr geben kann: eine Chance. Sie ist irgendwie verrückt - eine brillante Verrückte, ohne Zweifel, aber bisher hat sie weder Furcht noch Unruhe gezeigt. Sie scheint das Ganze für einen Witz zu halten. Die haben uns die Tür vor der Nase zugeknallt. Ich überlege hin und her - es gibt noch einen Ausweg. Oh, Baby! Das wird eine schöne Schneeballschlacht. Paradoxerweise ist es ganz einfach ... Hat jemand von euch dieses Zeug schon einmal gesehen?
0000000000000000000000000000000000000000000000000
0000000000000000000000000000000000000000000000000
0000000000000000000000000000000000000000000000000
Nur fühlen, nur schmecken? Was sind doch solche Metaphern so hübsch und überraschend. Ich sollte daheim sein, in einer Umgebung, die mich aus meiner selbstgewählten Isolation befreit. Mein Programm ist kaum der Rede wert. He! Vorsicht! Was ist dort unten? Inmitten von Staub und Blut, mit dem beissenden Geruch der Angst in der Nase, stellt das Gehirn oft seltsame Verbindungen her. Worte auf einer

Buchseite. Ich kann die Buchstaben beinahe sehen, schwarz auf weiss. Mein Gott, wäre ich nur daheim. Zerrissen und zerkratzt von der wilden Flucht ins Gebüsch krieche ich weiter. Ich hebe den Arm und wische mir die Augen. Oder werde ich einfach zu alt für solche Abenteuer? Gesegnete Paranoia, denke ich. Sie schüttelt den Kopf. Sie kennt ihre Träume genau. Es sind alberne Fantasien, für die es in dieser Welt keinen Raum gibt. Sie schiebt den Gedanken beiseite. Das sind ganz normale, gottverdammte Banditen. Man muss kein Telepath sein, um zu erkennen, dass diese Hunde nur mit ihrem Opfer spielen. Bist du da, Angsthase? Vergiss es! Du kannst dich später noch genug analysieren, während du erfrierst. Ah, ja. Das sind wichtige Dinge, nicht wahr? Was hast du im Austausch anzubieten? Natürlich weiss ich, dass sie nichts hat. Aber ich muss trotzdem fragen. Lauf weg, kleiner Angsthase. So gering meine Chancen auch sind, ich habe sie völlig vertan, als ich an ihre Vernunft und ihr Mitgefühl appellierte. Hier wird bis aufs Messer gekämpft. Warum habe ich es dann nicht getan? Aus Angst? Wahrscheinlich, gebe ich zu. Ich schlage die rechte Faust in die linke Handfläche. Vergiss es! Du trödelst. Mach schon! Tu es! Das ist der Vorteil, wenn man nichts zu verlieren hat.
000000000000000000000000000000000000000000000000
000000000000000000000000000000000000000000000000
000000000000000000000000000000000000000000000000
Mensch, werde endlich erwachsen. Sei wenigstens dieses eine Mal knallhart. Bin ich jetzt weit genug? Und bald kommt die Dämmerung. Aber dann bleibe ich plötzlich stehen und lausche. Sind das Stimmen? Im Grunde hasse ich beide Alternativen. Ich renne los, ducke mich unter Ästen hindurch und weiche verwitterten Baumstümpfen aus. Bald fühle ich einen seltsamen Überschwang. Der Adrenalinschub vor dem Kampf bringt mich fast auf einen Trip. Meine Schritte werden länger und die Büsche fliegen förmlich vorbei. Endlich lassen die Schmerzen nach. Der kalte nächtliche Nebel rollt die

Bergflanken herunter. Ich zittere. Nicht vor Kälte, sondern vor Erregung. Nach den Maßstäben dieser Welt verhalte ich mich genau richtig. Mein Überlebenswille verlangt es. Alles in allem ist es erstaunlich, dass eine Frau wie ich so lange überlebt hat. Die zarte Welt für Träumer ist zerbrochen. Verdammt, heutzutage ist doch jeder verrückt. Ja. Paranoia und Depressionen passen in diese Zeit. Der Nebel wird dichter. Ich gehe langsam weiter und achte vor allem auf den Boden. Ich atme langsam aus und pfeife durch die Zähne.
00000000000000000000000000000000000000000000000000000000
00000000000000000000000000000000000000000000000000000000
00000000000000000000000000000000000000000000000000000000
Ich gebe mich dem Schlaf hin. Ich liege unter der improvisierten Decke und verbringe den Rest der Nacht mit Träumen von Parallelwelten. Immerhin lebe ich noch. Es ist ein seltsamer Krieg, unzusammenhängend und chaotisch ... Wenigstens hat es in der Nacht nicht geschneit. Hab ich da was verpasst? Mir verschlägt es die Sprache. Abgelehnt, weil die Leute kindischen Fantasien nachhängen! Das ist natürlich nicht der einzige Grund. Die seltsame Logik ist zuviel für mich. Ich kann nicht folgen. Ein Flehen um Hilfe bei etwas, das sie allein nicht mehr schaffen - beim Erinnern. Ich wundere mich, dass mir meine Gefühle so wenig Schwierigkeiten machen. Das heisst, glaub ich, verborgenes Motiv, oder? Du bist eine Art ... Katalysator.
00000000000000000000000000000000000000000000000000000000
00000000000000000000000000000000000000000000000000000000
00000000000000000000000000000000000000000000000000000000
Die Barrikaden sind schon lange verlassen. Die Stadt selbst wirkt leer. Nun, es wäre nicht das erste Mal. Ich hab im Lauf der Jahre ein eigenes System entwickelt. Ach du Scheisse! Ich zähle bis zehn. Es reicht nicht. Ich konzentriere mich auf meine Atmung. Doch mein Zorn lässt nicht nach. Ich bin nervös wie eine Katze. Ist das eine Überreaktion? Ich renne im Zickzack durch den Wald, weiche peitschenden Ästen aus und

ändere mehrmals abrupt die Richtung. Ich halte eine Weile still und denke nach. Ich weiss, dass es nicht so läuft. Man kann immer wieder eine Weile hoffen - und dann kommt ein richtiger Hammer. Aber diese kalkulierte Verachtung, das ist etwas, das ich persönlich nehmen muss. Es kommt natürlich nicht in Frage, einfach fortzugehen. Eine Mischung aus Stolz, Bockigkeit und animalischer Wut nagelt mich fest. Ich werde kämpfen, basta! Während der Abend dämmert, überlege ich, wie ich vorgehen soll. Ich weiche tief in die Schatten zurück. Ich bin nicht krank. Ich bin müde und hungrig. Pflicht erledigt ... was, zum Teufel, meinst du damit? Kommunizieren? Was soll dieses Gewäsch? Wir lassen dich nicht herein. Wir wollen nicht angesteckt werden. Jetzt hab ich keine Wahl mehr. Immerhin kann ich mich zurückziehen und hab ausser meinem Stolz nichts verloren. Es war ein guter Bluff, aber du hast ja gewusst, dass die Chancen schlecht standen. Ich bin ein Kurier, wenigstens im Geiste. Ich bin mitten in einem Adrenalinrausch ... Es ist nicht meine Schuld, wenn sie an Märchen glauben. Diese Einfaltspinsel! Spezialisierte Systeme ... meine Persönlichkeit ist ein interaktives, hochkompliziertes System. Wenn du allein bist, dann bist du im Eimer. Das müsstest du doch wissen. Man verfolgt uns auf die übliche Weise - behauptet, wir wären geistig instabil, ideologisch krank, und so weiter. Wie lautet die zentrale Frage? Was habt ihr, das wir gebrauchen können. Geistig instabile Menschen haben einen gewissen Wert, sag ich. Ein paar kleine Durchbrüche in Fragen der Existenz. Ich brauch keine Drogen. Ich hab meine Machtfantasien.
00000000000000000000000000000000000000000000000000
00000000000000000000000000000000000000000000000000
00000000000000000000000000000000000000000000000000
Mein Körper windet sich, zuckt unkontrolliert. Die Luft riecht stark nach Rost und Salzwasser. Tut mir leid, dass ich eure Pläne durchkreuze. Das sind Neandertaler. Du musst dieses Problem selbst lösen. Die Bewohner sind

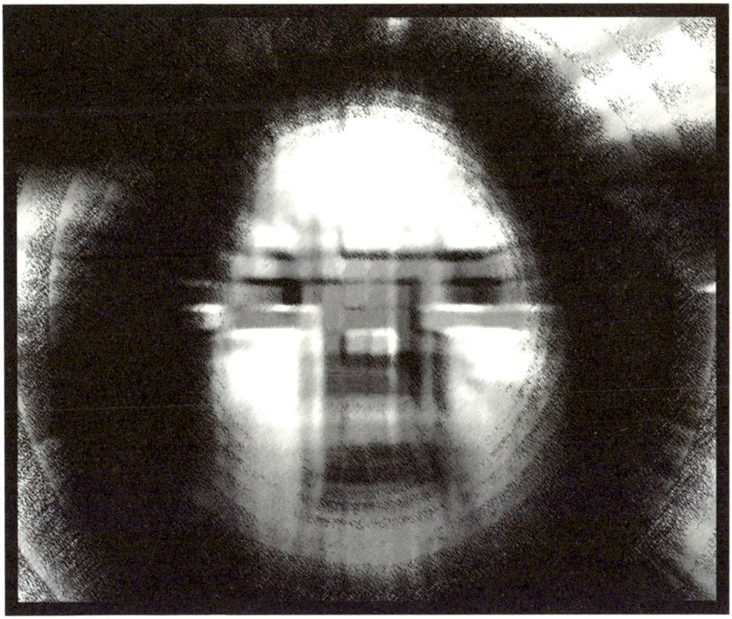

Schlafwandler, von der Welt vergessen, im Zauber ihrer Ideologien gefangen. Mir läuft die Zeit davon. Es ist eine ganz persönliche Angst, die ich seit meiner Kindheit mit mir herumschleppe. Aber ich muss die Chance ergreifen. Meine Pläne hängen davon ab, dass ich durchkomme. Jetzt bin ich bereit. Okay. Klingt ganz nett. Ich wandere langsam aus der Menge heraus und bewege mich ohne bestimmtes Ziel durch die Gänge. Sehr exotisch. Die Mühe scheint irgendwie sinnlos.
000000000000000000000000000000000000000000000000000000
000000000000000000000000000000000000000000000000000000
000000000000000000000000000000000000000000000000000000
Träge goldene Nachmittage, reichlich frische Früchte. Politik, denke ich. Beeindruckend, klar. Ist aber nicht so gelaufen. Dann bleibe ich schwitzend und unschlüssig sitzen. Sehr reale Dinge. Dinge, auf die es ankommt. Menschen sind nicht gemacht, solche Rollen zu spielen. Ich hab nie drüber nachgedacht. Es ist so üblich. Das tut weh. Der Kulturschock hat mich erwischt. Ich komme mir vor wie im Fernsehen. Alles scheint irreal. Hübsch, nicht? Redefreiheit! Sie ist etwas scheu. Alles automatisch, siehst du? So kommt niemand in Schwierigkeiten. Abgesehen von euch Eingeweihten. Hör mal, ich werf dir nicht vor, dass du weggerannt bist. Du wolltest dein eigenes Leben leben. Na schön. Aber das ist eine Familienangelegenheit. Weil man es will, weil man es braucht. Meine Familie ... sie sind alle Roboter. Nein, du würdest auffallen. Sie werden dir weh tun. Egal. Es ist eine einmalige Gelegenheit. Jedes Wort klingt wahr, aber es schmerzt trotzdem. Eines Tages werde ich wirklich fortlaufen. Das ist dann meine grosse romantische Geste. Wir nehmen die Korruption auf uns. Alle Verbrechen, die der Staat begeht, sind unsere Verbrechen, verstehst du? Na und? Es ist besser, du weisst es nicht. Glaub ihr kein Wort. Das ist nicht der rechte Weg. Nicht elegant. Aber ... es war ein harter Kampf, und wir sind keine Heiligen. Den Luxus der Unschuld können wir uns nicht leisten. Du bist zu integer und du machst zu viel

Ärger. Ist das ein Trick? Was ist das für ein Heulen? Sie hassen dich. Schön. Vielleicht können wir dann endlich einmal offen reden. Ich hab böse Sachen gemacht, um frei zu sein. Ich hab mein Leben aus dem Programm befreit. Jetzt ist alles anders. Sobald sich meine Augen schliessen, läuft in meinem Gehirn ein innerer Monolog ab: Proben ... Instinktiv zerlegt ein Teil meines Gehirns die Arbeit in Computerbefehle: vereinfachen, analysieren, reduzieren. Zu welchem Zweck? Geld entscheidet. Wissen ist keine Macht. Es sind zu viele Abstraktionen im Weg. Aber meine Begabung ist eine Realität. Es ist die Sache selbst. Irgendwie werde ich auch damit fertigwerden. Ich weiss, es liegt an mir, das Opfer zu bringen. Jemand muss eine grosse Geste machen. Nun, dann tue ich es eben. Hättest du mich nicht warnen können? Aber wir können immer noch improvisieren. Ich bekomme die Situation unter Kontrolle. Ich fühle mich ausgezeichnet.
00000000000000000000000000000000000000000000000000000
00000000000000000000000000000000000000000000000000000
00000000000000000000000000000000000000000000000000000
Sie blickt nach unten. Ihre Hände zucken und machen unbewusste Greifbewegungen in ihrem Schoss. Sie hebt sie und schüttelt die Spannung heraus. Dumme kleine Hände. Ich lächle unverbindlich. Ich war die Klassenbeste. Ich kann mich an nichts erinnern. Es ist mir alles entglitten. Unter dem Einfluss der kriegerischen Großstadt fallen grosse Teile meiner Persönlichkeit in sich zusammen. Das Gerede über Loyalität und Ideologien langweilt mich. Ich warte darauf, dass sie zur Sache kommen. Es gefällt mir nicht besonders, aber es ist nicht schwer. Jetzt stehen wir vor einem Krieg der Bewusstseinszustände. Sie wollen dich destabilisieren. Sie wollen dein Paradigma als unhaltbar darstellen. Sie wollen eine kognitive Dissonanz erzeugen, die dich von innen auseinanderbrechen lässt. Es ist unerträglich heiss.
00000000000000000000000000000000000000000000000000000

0000000000000000000000000000000000000000000000000000000
0000000000000000000000000000000000000000000000000000000
Hast du Geld? Ich will dir nichts vormachen. Es gibt keine Bäume mehr. Dies ist kein ursprünglicher Wald. Ich gehe ohne grosse Mühe auf den Trip. Es fühlt sich wundervoll an. Es ist seit langer Zeit das erste Mal, dass mir etwas wirklich Spass macht. Was, zum Teufel ... fühlt sich seltsam an, was? Nachdem du so lange Jahre die Müllkippe für die Gefühle anderer Menschen warst ... Kannst du dich noch an deinen richtigen Namen erinnern? Das ist der wichtige erste Schritt. Versuch es! Übrigens, wer hat dich angeheuert? Ja, sie haben mich lebendig gefangen und mich überzeugt. Grässlich! Aber jetzt bist du in Sicherheit. Du bist nicht mehr und nicht weniger als ein normales menschliches Wesen. Mein Gehirn fühlt sich an, als gehörte es einem Dinosaurier. Fühlen sich Menschen wirklich so? Wir zwei sind aus demselben Holz, wir verstehen uns. Ich denke lange darüber nach. Es ist erschreckend und bizarr, so rational und ganz selbständig zu denken. Ich hab gar nicht gewusst, wie mühsam und schmerzhaft Denken ist. Und jetzt weiss ich auch ganz genau, was ich immer vermutet habe: einfach nur ein Mensch zu sein, macht nicht genug Spass. Danach geht alles sehr rasch.
0000000000000000000000000000000000000000000000000000000
0000000000000000000000000000000000000000000000000000000
0000000000000000000000000000000000000000000000000000000
Welch eine Landschaft! Die Aufregung und das Abenteuer tun mir gut. Man sollte nach ihr suchen. Sie experimentiert mit den zentralen Wahrheiten unserer Zeit. Gefühl, Stimmungen, Empfindungen, Intuition und Geschmack ... das sind die grundlegenden Elemente. Intelligenz ist billig. Der Reiz, etwas aus eigener Kraft zu beherrschen, dafür umso köstlicher. In dieser Nacht sind gedämpfte Schreie und heftiges Hämmern zu hören. Das ist jetzt unwichtig. Regeln, Standards, Qualität ... Ich mache mir Sorgen ... was ist mit diesen ungeschriebenen Regeln? Sie sitzt reglos und lässt sich nicht

anmerken, was sie denkt. Es macht ihr keinen Spass, denke ich betrübt. Die Sitten passen sich den Zeiten an. Mein Gott. Was machen wir da? Was ist mit uns passiert? Was ist mit mir passiert?
00000000000000000000000000000000000000000000000
00000000000000000000000000000000000000000000000
00000000000000000000000000000000000000000000000
Ein paar weinen ungehemmt. Der Raum ist gemütlich, sauber und warm. Sie ist einer der wenigen Menschen, die noch Augen im Kopf haben und einen nüchternen Verstand. Die Illusion, die wir schaffen - zuerst zufällig, später aus Verzweiflung - bedeutet ihr nichts. Die Lügen, die ich schreibe, und die Bezüge auf Dinge, die es nicht gibt, sind für andere Augen bestimmt. Und ich bin sicher, dass sie mich nicht verraten wird. Ich hoffe nur, sie kann ihr Lachen bezähmen. Diese Bemerkungen sind nicht ungefährlich, aber ich muss sie schreiben, um zu zeigen, dass ich mich nicht völlig in meinen eigenen Schwindeleien verfangen habe. Wohin? Nach all den Jahren weiss ich noch immer nicht genau, was ich suche. Sie schüttelt den Kopf. Trotz der langen Jahre ist der Traum noch nicht tot. Bin durch Zufall auf diese Möglichkeit zum Überleben gestossen. Ich schiebe mein schlechtes Gewissen beiseite. Man tut, was man tun muss. Das wirst du nicht tun! Du wirst dein Köpfchen benutzen, wie ich es dir gesagt habe. Ich komme zum nächsten Punkt. Da ist zum Beispiel die Frage des Geldes. Geld ist ein Witz. Sie zuckt die Achseln. Es hat schon begonnen. Manchmal entwickeln die kleinen Ausschmückungen, die ich um der Glaubwürdigkeit willen in meine Geschichte einflechte, ein Eigenleben, mit dem ich nicht gerechnet habe. Märchen, denke ich. Meine Lügen werden immer komplizierter, bis mich irgendwann jemand erwischt. Ist das die Möglichkeit? Egal. Die Schreie werden lauter, dann ersterben sie. Es ist eine Frauenstimme voller Schmerz und Todesangst. Ich dringe in die Wildnis und suche hastig einen guten Platz. Ich atme durch den Mund um

mich nicht zu verraten. Die Stimmen klingen jetzt wütend. Jemand wird geschlagen. Die Frau schreit gequält auf, die Männer lachen rauh. Früher hat so ein Wort mehrere Bedeutungen gehabt. Eine wehrhafte Einstellung ist einfach vernünftig. Die zweite Bedeutung bezieht sich auf antisoziale, paranoide Waffennarren. Und was ist damit? Das hat überhaupt nichts zu bedeuten. Mein Mund ist trocken wie Asche. Offenbar hat sie schlechte Nerven. Na, wie wärs, Baby? frage ich mich. Soll sie es glauben. Sie stirbt. Soll sie glauben, dass es wahr ist. Wenn es nur wahr ist, denke ich. Los, komm! Wir müssen verschwinden. Die Luft rauscht. Ich bemerke, dass es meine eigener Atem und Puls ist. Es wird rasch dunkel. Ich sehe mich genau um und halte mehrmals an, um zu lauschen. Ihr seid in grosser Gefahr. Man müsste schnell handeln. Man müsste rasch reagieren. Das ist einfach unglaublich. Erkennen diese Idioten denn nicht, dass ihr Leben in Gefahr ist? Hört doch ...! Ich versuche es noch einmal, aber ihre düstere Sturheit ist keiner Logik zugänglich. Ihr habt mich wohl nicht verstanden. Ich bitte nicht um eure Hilfe. Mein Zorn geht mit mir durch. Sie blinzeln mich erstaunt an. Zwar habe ich die Rolle während der letzten Monate oft geprobt, aber noch nie habe ich gewagt, eine so arrogante Haltung einzunehmen. Mögen sie versuchen, die wirkliche Gefahr zu ignorieren, aber diese fantastische Geschichte müssen sie im Ganzen schlucken oder gar nicht. Ich zittere und bin mir meines geistigen Gleichgewichts nicht mehr sicher. Es ist ein frustrierender Morgen. Aber diesmal ist es wirklich nur gespielt. Ich fühle nur meinen Hunger und meine Müdigkeit. Es klingt sehr vertraut. Man behandelt mich gut, aber offenbar glauben die Leute, ich übertreibe. Wenn ich jetzt mit der Wahrheit herausrücke, werden sie mir nie vergeben. Dann wird es still. Der Wind rauscht in den Bäumen vor meinem Fenster. Ich bin so daran gewöhnt, die Dinge möglichst einfach zu erklären ... Oh, wie dumm von mir. Wir müssen eben versuchen, allein zurechtzukommen.

Ich weiss, es klingt primitiv, aber es funktioniert. Ich bin für die Leute hier ein Anachronismus. Oh, kein Problem. Seitdem bin ich gründlich verdorben worden, und ich habe gelernt, aus allem meinen Vorteil zu schlagen. Es ist ungewöhnlich, ja. Und warum gerade ich? Ich nehme mir vor, die Scharade bis zum Ende durchzuhalten. Ich habe keine andere Wahl. Das gilt auch umgekehrt. Ich will ihnen helfen, wo ich nur kann. Und dieses Mal meine ich es ehrlich. Vielleicht klappt es. Aber ich habe das bestimmte Gefühl, dass alle froh sind, mich bald wieder los zu sein. Einen kleinen Sieg habe ich errungen. Das liegt natürlich an meiner Rolle. Es macht sie nervös. Vielleicht spüren sie tief im Innern eine Falschheit. Ich kann es ihnen nicht verdenken. Natürlich haben sie nichts zu befürchten. Es gibt keine Witze oder Wortspiele, nur eine glatte, in sich gekehrte Ernsthaftigkeit.
000000000000000000000000000000000000000000000000000
000000000000000000000000000000000000000000000000000
000000000000000000000000000000000000000000000000000
Ich fühle mich, als wäre mein Gesicht aus Stein. Ich schweige und warte. Du kennst mich nicht. Ganz so schlau bin ich doch nicht. Ich muss fort. Das ist klar. Sollen die Narren mit ihren Mythen glücklich werden. Ich bin fertig mit ihnen. Eine billige Schaufensterpuppe. Die Worte gehen mir immer wieder durch den Kopf, eingefressen wie ein Ohrwurm, den man nicht loswerden kann. Für diese dummen Kinder? Kann ein Mensch vom Geist einer Maschine heimgesucht werden? Ich bin müde, sonst würde ich mir nicht so einen Unfug zusammendenken. Ich wäre für eine leere Farce gestorben, für einen Trick, für einen Betrug! Es wird ein schöner Tag, der erste wolkenlose Tag seit Wochen. Hinter mir ersterben die Schreie wie eine schmerzende Erinnerung, die langsam verblasst. Ich hole tief Luft. Dann gebe ich barsche Anweisungen. Es wäre meine Aufgabe gewesen, praktische Entscheidungen zu treffen … und die Verantwortung zu tragen. Nein, das werden wir nicht tun. Ende der Diskussion. Mach

es mir nicht noch schwerer! Du bist immer so schrecklich zivilisiert! Und an dieser Stelle ziehe ich eine Grenze. Hier draussen ist das Überleben das Hauptproblem. Der andere Krieg, der jede Nacht in meinen Träumen tobt, kann warten, bis der richtige Augenblick gekommen ist. Wer übernimmt jetzt die Verantwortung? Sollen sie gehen. Sie werden schon zurückkommen. Die Schuld trifft mich allein. Soviel Schuld. Lügen auf Lügen, denke ich. Wenn du je die Wahrheit erfährst, mein Freund ... Es nützt nichts. Es nützt einfach nichts. Sie hat eine Theorie entwickelt. Noch schlimmer - sie klammert sich beinahe fanatisch daran und verbreitet sie. Ich will nichts davon hören. Gut. Ich will mich für den Augenblick damit zufriedengeben. Doch ich weiss, dass das noch nicht das Ende ist. Ich bin nicht verweichlicht. Ich bin hart, und ich kenne meine Feinde gut. Das ist irrelevant. Wichtig ist nur, wer davon profitiert. Ich weiss, warum alles kaputtgegangen ist. Vielleicht bin ich verrückt. Aber ich weiss genau, wovon ich rede. Ich weiss es. Es ist unsere Schuld. Damit wären wir wieder auf dem Teppich.
000000000000000000000000000000000000000000000000000000
000000000000000000000000000000000000000000000000000000
000000000000000000000000000000000000000000000000000000
Ich schaffe es, durch Andeutungen zu lügen, während meine Worte exakt der Wahrheit entsprechen. Eine Fähigkeit, die ich inzwischen perfekt beherrsche, auf die ich allerdings nicht besonders stolz bin. Ich will es nicht beschönigen. Ich schliesse die Augen. Mein Herz klopft und mein Mund ist trocken - genau die Reaktion, die der Feind mit seiner kalkulierten Grausamkeit erzielen will. Sind sie damit vielleicht doch die Klügeren? frage ich mich. Es steht mir nicht zu, ihre Taktik zu kritisieren. Zuerst bemerke ich, wie steif ich mich fühle. Meine Gedanken sind ein wirrer Ameisenhaufen von Klängen, Sorgen und Erinnerungen. Aber bald, fast gegen meinen Willen, werden meine Augenlider schwer. Was solls, denke ich, und gebe mich dem Gefühl hin.

Tue ich es einfach nur, weil ich müde bin und der Sonnenaufgang so schön ist? Ich versuche, fest und tief einzuatmen, doch mein Atemmuster verändert sich nicht - als wüsste mein Körper mehr als mein Verstand. Die Farben ... denke ich, doch ich sehe nur den Himmel. Mein Herzschlag wiegt sanft meinen Körper. Warum erzählt sie mir das? Ich weiss, wie kostbar das ist. Es scheint völlig natürlich. Sie gibt keine Anordnungen und keine Befehle. Die Schlange ...! Hätte es schlimmer kommen können? Bin ich zu hastig? Und was jetzt? Die Leute johlen und lachen, aber ihr Applaus scheint ein gerissener Trick zu sein. Ich habe nur noch einen Trumpf, den ich hasse, wie keinen anderen. Dann beginne ich ... sie anzulügen.
00000000000000000000000000000000000000000000000
00000000000000000000000000000000000000000000000
00000000000000000000000000000000000000000000000
Das kann ich nicht glauben. Es kann nicht wahr sein, dass sie für ihre Träume bestraft werden, dafür, dass sie die Hand ausstrecken. Was ist das? Sag es ihnen, denke ich. Sag es ihnen jetzt! Wieder unterbreche ich mich und keuche. Es fühlt sich an, als packe eine Hand mein Herz und drohe es zu erdrücken, wenn ich weiterspreche. Irgendetwas hält mich davon ab, meine gut vorbereitete Lüge, mein Märchen vom Stapel zu lassen. Die Menschen sind bereit. Ich habe sie in der Hand. Sie sind reif. Und plötzlich kommt die Einsicht und ich weiss, wo das Problem liegt. Es tut uns leid. Es tut uns aufrichtig leid. Aber du verlangst zuviel von uns. Ein so weiter Weg. Ein so weiter Weg für nichts und wieder nichts. Aufhören! ... O Gott ... Nicht! Wer übernimmt die Verantwortung für diese dummen Kinder? Ich verstehe nicht, wie eine offenbar intelligente Frau auf solche bizarren Ideen kommt. Hat sich denn niemand die Mühe gemacht, ihr etwas Vernunft einzubleuen? Die Antwort kann ich mir schenken. Es ist Zeitverschwendung. Wo steht denn, dass man sich um grosse Dinge kümmern muss? Ich hab früher mal für grosse

Dinge gekämpft ... für Überzeugungen, Prinzipien. Wo ist das alles jetzt? Ich habe etwas herausgefunden ... ich habe entdeckt, dass einem die grossen Dinge das Interesse nicht vergelten. Sie nehmen und nehmen und geben nie etwas zurück. Sie saugen einem das Blut und die Seele aus, wenn man sie lässt, und sie lassen einen nie mehr los. Heute kämpfe ich für kleinere Dinge, für Dinge, die ich halten kann. Der Fehlschlag schmeckt bitter. Wer übernimmt jetzt die Verantwortung? Das weiss ich doch nicht, flüstert sie zornig im Dunkeln. Und es ist mir egal. Mir fällt ein, dass ich einfach weggehen kann, wenn ich will. Geh einfach fort! denke ich. Ich gehe mit sicheren Schritten und benutze die Sinne eines Menschen, der im Wald zu Hause ist. Wer braucht Augen, um zu sehen, oder Ohren, um zu hören? Nur die Berührung des Windes führt mich. Geh einfach fort! Ein Gegengift gegen Gespenster. Ich spüre kaum noch den Boden, schreite durch die Dunkelheit, wiederhole die Worte mit zunehmender Begeisterung. Vielleicht ist es mein letzter Fehler. Still. Warte es ab! Denk nicht dran. Wie kann sich ein Mensch nur so schnell bewegen! Keine komplizierten Angelegenheiten, keine Schuldgefühle. Alles ist einfach und geradlinig. Du meinst offenbar, was du sagst, aber für mich ist das eine grässliche, kranke Logik. Die Lügen kommen jetzt mühelos. Im Grunde sind die Worte sogar wahr. Verdrehte Wahrheiten, die glatt und treffend klingen und nie im Lichte der Realität geprüft wurden. Eine solche Hingabe habe ich nie gewollt, von niemand. Aber hier gibt es kein Bedauern und keine Angst vor Heuchelei. Wenn ich fähig bin, gut genug zu lügen, um diese Hunde zu bluffen, dann werde ich es tun. Ich bin bereit, die beste Vorstellung meines Lebens zu geben. Spars dir! Ich setze mich schwerfällig. Ich bin plötzlich müde. Ich weiss, welches schreckliche Spiel diese Teufel mit mir spielen. Es gibt eine verbreitete Blindheit, die Millionen Menschen daran hindert zu erkennen, wie sehr sie von diesem Ränkespiel genarrt werden. Aber es war nicht immer so! Und

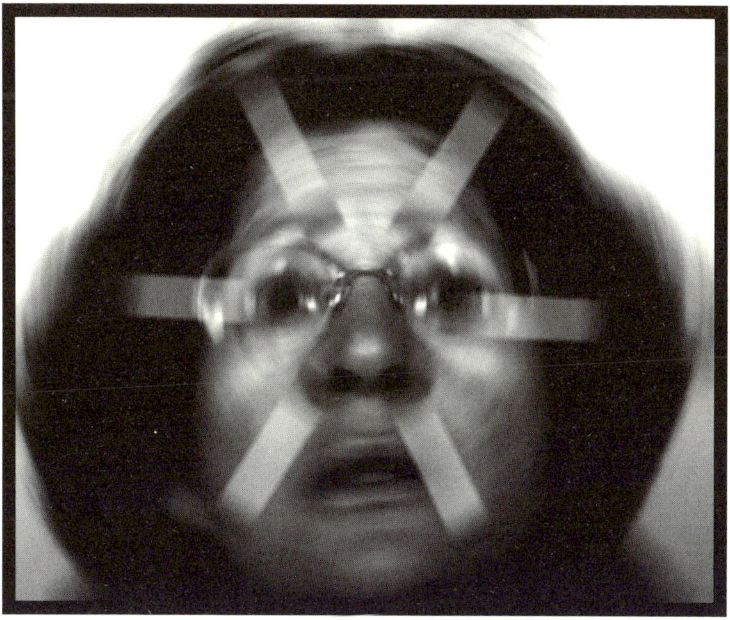

es wird nicht immer so bleiben. In der Nähe weint ein Kind. Im Grunde habe ich keine Wahl. Vielleicht ist es nur noch eine Frage der Zeit, denke ich düster. Das ist die Technik der „grossen Lüge“ ... dort steht nur die Wahrheit. Ich reagiere schnell und lenke mit einer Verschwörungstheorie von meinen Lügen ab. Und was bist du selbst? frage ich mich.
0000000000000000000000000000000000000000000000000000000
0000000000000000000000000000000000000000000000000000000
0000000000000000000000000000000000000000000000000000000
Kluges Kind! Und wir dachten, es wären nur Gerüchte! So unmöglich es auch scheint, die Geschichte muss wahr sein. Es gibt keine andere plausible Erklärung. Ich bin beeindruckt. Ehrlich. Es war eine überzeugende Demonstration. Ist das wahr? Die grossen Dinge lassen mich nicht los. Du auch? Was wollt ihr alle von mir? Jetzt nur keinen Streit. Sie hat recht, verdammt. Die Freiheit ist wundervoll. Aber mit ihr kommt auch wieder die elende Pflicht. Ich lache nicht mehr, ich kämpfe ums Überleben. Wir hätten laufen sollen ... Es ist eine verlockende Idee. Diesmal träume ich nicht. Ich bin zu erschöpft, um Energie auf Gespenster zu verschwenden. Die Gegend sieht aus wie eine Mondlandschaft. Wozu weitergehen? Lauft! Macht schon! Ich hasse meine Fantasien. So geht es nicht. Ob das der Grund dafür ist, dass ich so viele Märchen erzählt habe - weil ich sie brauche? Ich gebe mir selbst die Antwort: Ohne sie hätte ich mich hingelegt und wäre gestorben. Komisch, so verblüffend klar habe ich es noch nie gesehen. Und dann kehren die körperlichen Gefühle zurück, die Realität von Erschöpfung und Schmerz. Beim Kämpfen soll man nicht reden. Sie plappert wirres Zeug. Ich glaube, wir haben es verpfuscht ... aber wir haben es versucht! Faszinierend. Das erklärt eine Menge unerklärlicher Dinge. Wir sind Gefangene in ähnlichen Käfigen ... Blut rinnt aus Dutzenden von Schnitten und Kratzern. Es ist kein ritueller und auch kein eleganter Kampf. Gibt es überhaupt Grenzen? Sie keucht. Sie will eine Antwort. Aber es hört nie auf,

niemals. Natürlich ist es ein Fehlschlag, das hätte jedes Kind voraussagen können. Die Geste wird zu meinem tragischen Fiasko. Ich hoffe nur darauf, dass sich die Sache nicht in ein Dogma oder eine Art Religion verwandelt. Ja, es wird wohl Zeit.
000000000000000000000000000000000000000000000000
000000000000000000000000000000000000000000000000
000000000000000000000000000000000000000000000000
Der Frühling liegt in der Luft. Das Widersinnige der Szene - ihre „Was-ist-falsch-an-diesem-Bild“-Mischung aus Grauen und Alltäglichkeit packt mich. Meine linke Hand zittert, das Licht scheint greller zu werden und mich zu schwächen. Wir können ganz klar erkennen, dass du nicht blöd bist. Können eine Menge sehen, was andere nicht sehen. Eine Menge unheimliches Zeug. In die Zukunft sehen ist das Tollste, was wir können. Wenn du wissen willst, was dir bevorsteht, wir sagen es dir. Sie sagen, dass die Reklameschilder Zeichen sind, verschlüsselte Erfolgssymbole. Und ich fühle mich beschwingt, beinahe glücklich. Ich geh nicht zurück. Begreifst du nicht? Sie ist nahe daran, die Kontrolle zu verlieren. Ihr Gesicht glänzt vor Schweiss, ein Augenlid zuckt. Wenn wir nämlich nicht bald was tun, dann sterben wir. Wir werden sterben! Ist das einzige, was du tun kannst, Kleine. Was kannst du sonst machen?
000000000000000000000000000000000000000000000000
000000000000000000000000000000000000000000000000
000000000000000000000000000000000000000000000000
Ich halt die Klappe nicht! Ich kann euch von diesem Krieg und seinen bizarren Zermürbungsformen erzählen, aber das würde euch aufregen. Alle suchen nach einem Zauber, der ihnen das Überleben verspricht. Um auf eure Frage zurückzukommen: ich will mich nicht dumm stellen, aber mit einem einfachen Ja oder Nein kann ich euch nicht antworten. So leicht ist die Sache nicht zu erklären. Es ist eine zornige, erregende Musik, angeheizt von der gleichen aggressiven

Paranoia, die den Krieg ausgelöst hat. Meine Hand beginnt wieder zu zittern, und einige Sekunden lang verliert die Szene ihren Zusammenhalt. Wir sind Bürger des Dschungels. Wir leben wie Tiere, wir sind verrückt, aber wir sind Genies im Überleben. Wir wissen alles über diesen Dschungel, wann das Wetter sich ändert, wer in der Nähe ist. So, das ist es, was mir einfällt. Die Menschenmenge auf der Strasse besteht hauptsächlich aus Touristen. Es dämmert. Die Lichter der Stadt beginnen sich scharf gegen den purpurnen Himmel abzuzeichnen. Lachen, Kreischen, Verkäufergeschrei. Ein Bild aus einem okkulten Traum. Aber ich brauche kein Drängen. Ich weiss, ich werde gewinnen: noch nie habe ich eine so klare Vorahnung gehabt.
0000000000000000000000000000000000000000000000000
0000000000000000000000000000000000000000000000000
0000000000000000000000000000000000000000000000000
Sehr erotisch, sehr gelassen. Diese Gelassenheit ist nicht nur oberflächlich. Siehst du? Was soll ich sehen? Klar bin ich nervös. Mein Ritual ist auf dem Prinzip kleiner Wunder aufgebaut ... ich überlege, ob ich gehen soll. Und wenn es tatsächlich Glück ist? Ich gewinne weiter. Warum hast du gemogelt? Sie will meine Aufmerksamkeit wecken. Du ... du interessierst mich. Hast du das nicht bemerkt? Ich will es nicht wahrhaben. Du hast recht. Man sollte immer vorsichtig sein. Ich vermute, dass sie noch aus den kleinsten Dingen das Beste macht. Die Gabe? Ich habe keinen Namen dafür. Hier schnappen sie dich einfach. Nein. Es ist etwas anderes. Sie sieht nicht mehr mutlos aus wie vor einer Sekunde noch. Sie isst bedächtig, kaut jeden Bissen lang. Ich kenne nur ein einziges wichtiges Geheimnis - mein Ritual. Lächerlich, genauso klingt es. Ich meine, was geschieht? Manchmal weiss ich es einfach nur. Manchmal sehe ich Bilder. Es ist wie bei einem Fernseher, der nicht richtig funktioniert. Erst zitternd, dann plötzlich ein scharfes Bild. Wo soll ich denn hingehen? Plötzlich nimmt alles Gestalt an. Es ist unwichtig, ob ich dir

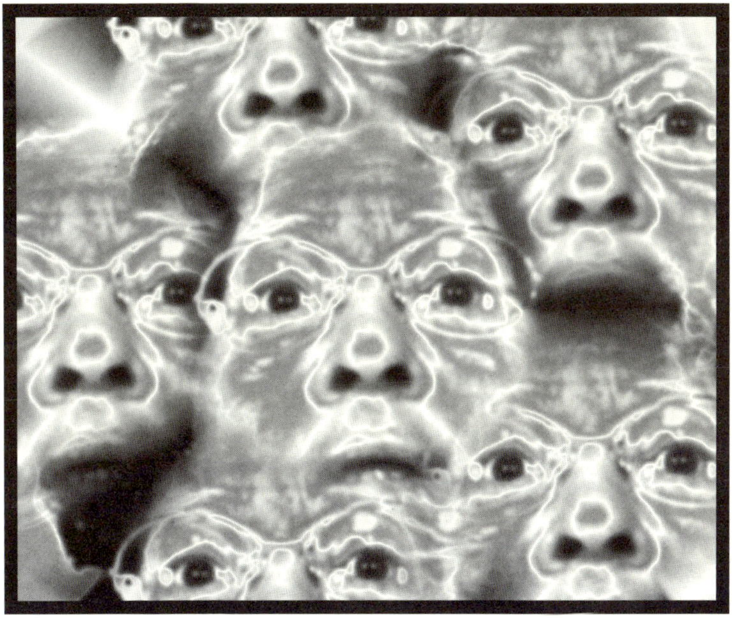

glaube. Ich kann einfach nicht. Meine Füsse würden sich nicht in diese Richtung bewegen. Diese kindische Sache, die du mit deinen Freunden treibst, das hält dich hier, nicht wahr? Wie ein kleines Mädchen, das im Dunkeln nach Hause geht und meint, wenn es die Schatten nicht beachtet, könne sie auch nichts daraus anspringen. Denkst du nicht, es wäre einen Versuch wert? In Ordnung. Sie fühlt sich schwindlig, erhitzt. Ich schäme mich dieser Gedanken wegen, und es bedrückt mich. Aber zu Zärtlichkeiten bin ich nicht mehr fähig. Ich gebe es auf. Es ist die Anstrengung nicht wert. Grosse Spinnen. Es ist okay, sage ich in die Dunkelheit hinein. Aber das hilft nichts. Die Worte klingen wie eine Diagnose. Die Leute wollen mich verarschen, weisst du. Nun ja, es ist so. Erstklassige Scheisse, ich glaub dran. Nun ja, okay. Hörst du, was ich sage. Glaub mir. Bald wird alles für dich wieder okay. Ich stosse einen Seufzer aus. Halluzinationen. Dann bemerke ich eine Fliege, die surrend gegen eine Fensterscheibe stösst. Wie war es letzte Nacht? Dort, wo sie herkommt, ist es eine Überlebenstaktik, seine Intelligenz nicht zu zeigen. Ich geniesse das Gerangel, seine Sturheit und Unlogik. Gleichzeitig beunruhigt mich ein mitschwingender Unterton von Verzweiflung: er lässt auf etwas anderes schliessen. Ich merke, dass in meinem Gesicht ein Lächeln festgefroren ist, und dass mich meine Gedanken auf ein spukhaftes Terrain führen. In Panik schiebe ich meinen Stuhl zurück und stehe auf. Ihr Gesicht zeigt einen merkwürdigen Ausdruck. Was könnte es schaden? Wenn du dich umbringen willst - es ist dein Leben, Kleine. Danke für das Angebot. Kein Aufblitzen, kein Knall, nicht mal ein Klick.
00000000000000000000000000000000000000000000000000
00000000000000000000000000000000000000000000000000
00000000000000000000000000000000000000000000000000
Mir ist, als hätte man mich in eiskaltes Wasser gestossen. Mit einem Mal sind meine Sinne wunderbar scharf. Eine Fratze. Wieder und wieder. Ein schriller Ton gellt in meinen Ohren.

Ich höre Geschrei, Stöhnen. Kein Schreien oder Kreischen, sondern ein tierisches Brüllen von äusserstem Lebenshass. Ich will nicht sterben. Dennoch will ich lieber sterben als im Wahnsinn enden. Vielleicht krieg ich raus, wie sie sich fühlt. Klar, aber sie will gegen was ganz Wildes kämpfen. Was Wildes! Sie will gegen ein Tier kämpfen. Alle drehen durch. Sie hält inne, um Luft zu holen. Ihre Augen leuchten. Sie bleibt cool, ganz cool. Sie ist so aufgeregt, dass sie sich anstrengen muss, zusammenhängend zu sprechen. Alle werden ganz still. Als hätten wir einen geheimen Pfad genommen, seien um die Ecke der Welt gebogen und in ein ewig friedliches Land geraten. Vielleicht wird mir hier etwas angeboten. Vielleicht gibt es ein Zeichen. Sie schüttelt den Kopf. Nichts ändert sich. Sie reibt ihre Stirn. Nichts. Entsetzt presse ich die Augen zusammen. Mir scheint, als sei ich das einzig sinnvolle Teil in einem sinnlosen Puzzlespiel, verletzbar seiner Einzigartigkeit wegen. Ich atme stossweise und schnell. Willst du es nicht hören? Hast du nicht zugehört?
0000000000000000000000000000000000000000000000
0000000000000000000000000000000000000000000000
0000000000000000000000000000000000000000000000
Alles ist wieder normal. Und schön, schön blöd. Nur so kann man es nennen. Erzähl mir von dem Traum. Er kann nicht besonders angenehm gewesen sein. Sicher. Ich hab ihr von dem Angriff erzählt, oder nicht? Das muss es sein. Sie schweigt weiter, hält ihren Zorn zurück. Das also ist es, was du von mir glaubst? Stimmt es nicht? Warum solltest du mir sonst diesen Scheissdreck erzählen? Was mit mir los ist? Das alles ... ihre Handbewegung umschliesst den Himmel, den Fluss, die Bäume - das ist los mit mir. Du erinnerst mich an meine Eltern. Weisst du, wie ich es bei meinen Eltern mache? Ich erzähle ihnen eine Geschichte. Eine Kriegsgeschichte. Du brauchst mir überhaupt nichts zu erzählen. Kein Problem. Im Umkreis von einigen hundert Metern hat man jede Vegetation beseitigt. In klaren Nächten gibt es kaum Ärger. Perfekt

ausgeführt, perfekte Technik ... das bringt den Sieg. Vergiss all das Drumherum. Hab dein Ziel vor Augen und renn los. Ich will nicht glauben, dass ich jetzt sterben muss. Ich bin überrascht, wie ruhig ich mich fühle. Oh ja, ich habe Angst, natürlich. Aber meine Angst verbirgt sich in den dunklen Falten meiner Person, noch ist sie meine Verbündete, hilft mir, meine Sinne zu schärfen. Ich überprüf das besser. Meine Ruhe zerbricht. Mir wird übel, ich weiss nicht, wie lange ich noch durchhalten kann. Die Stille bringt mir meine Isolation voll zu Bewusstsein. Ich hab keine Ahnung, wo die Kampflinie verläuft ... wenn es überhaupt eine gibt. Ein Konflikt, der kein richtiges Schema kennt, keine richtigen Grenzen, der aber überall und jederzeit ausbrechen kann wie eine Seuche. Hör mir zu! Hörst du zu? Hör zu, sagt sie heftig. Ich will, dass du begreifst, dass ich tun muss, was für mich das Richtige ist. Mir gefällt dieses Wortspiel. Man muss sich wundern.
00000000000000000000000000000000000000000000
00000000000000000000000000000000000000000000
00000000000000000000000000000000000000000000
Wirklich. Mir ist, als schaue ich über eine Klippe und spüre die schaurige Verlockung, mich fallen zu lassen. Los, mach schon! Kümmer dich nicht drum! Ich bin so scheissverrückt wie du. Dann kommen die Worte leichter. Hat man dir auch eine Droge gegeben? Es ist mir wirklich scheissegal. Wirklich. Es ist nicht normal, die Dinge so zu sehen. Man kommt mit dem Verstand nicht dagegen an. Natürlich muss ich aufpassen, dass die andern nicht dahinterkommen. Ich darf nicht darüber reden. Ich bin froh, dass wir miteinander sprechen können. Mir gehts jetzt viel besser. Weshalb soll ich weinen? Es ist die perfekte Darstellung des Krieges in all seiner verborgenen Herrlichkeit und ich bin ein Teil dieses Gemäldes. Durch das Erzählen habe ich mich bis zu einem gewissen Grad davon gelöst. Ich will nicht, dass man mich drängt. Das meiste, was ich fühle, entspringt einem Wunsch nach Rettung. Mit der Zeit erkenne ich, inwieweit diese

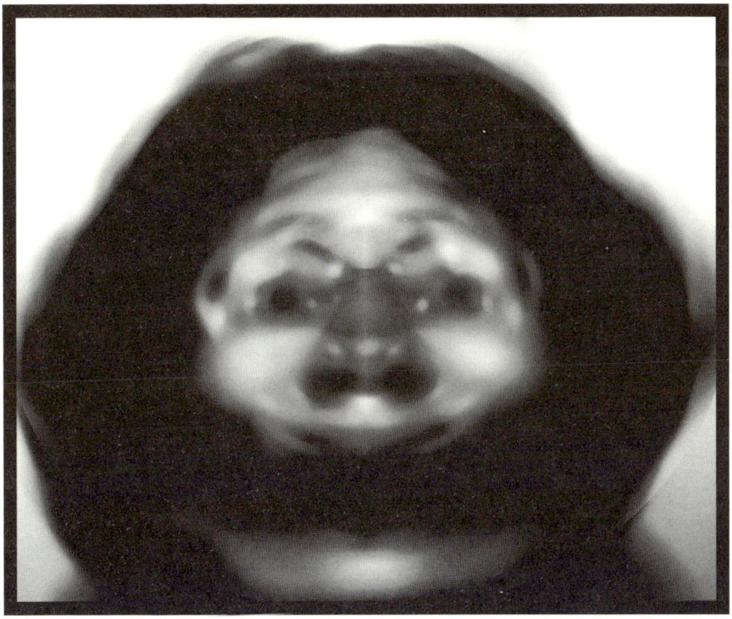

Geschichten mich betreffen. Es sind alles Fabeln von Unentschlossenheit, die mich warnen, nicht zu lange zu zögern, sondern endlich zu handeln. Sie klingen wahr und nicht so, als seien sie auf meinen Bedarf zugeschnitten. Es macht auch nichts, dass meine Hand zittert, meine Augen mir Tricks vorspielen. Sie hats geschafft! Bis jetzt sind die Zeichen gut gewesen, nicht? Was ist mit deinem Spiel? Es beginnt, mich zu beunruhigen. Alles beginnt, mich zu beunruhigen, und ich weiss nicht, weshalb. Geht etwas vor zwischen dir und mir? Wird etwas geschehen? Beruhige dich. Ein Schaudern läuft meinen Rücken hinab. Ich fühl mich okay, ich fühl mich okay. Was ist das für ein Ort ... es vergeht nicht, es bleibt Wirklichkeit. Sie stolpert, taumelt um sich schlagend rückwärts, wankt, fängt sich wieder und rennt fort in Richtung Stadt. Farn peitscht meine Beine, Zweige schneiden mir ins Gesicht, Schattengespinste überziehen den Weg. Ich nehme all meinen Mut zusammen. Aber ich kann ihr nicht trauen, kann mir selbst nicht trauen, und ich beginne wieder zu rennen. Sie erkennt jetzt, wie töricht ihr Glaube an das Ritual ist. Der Wind trägt Geschrei und wilde Musik herüber. Das ist typisch. Keine Erklärung, keine Gefühlsduselei. Nur Fakten. Mächtige Wesen, die missbilligend auf mich herabsehen. Ich merke, wie ich die Leute anstarre und wie ich dahinterzukommen versuche, was sie in Wirklichkeit tun. Ob ihr Tun vielleicht einen Fingerzeig für mich enthält, der mir helfen könnte, das durcheinandergeratene Knäuel meiner eigenen Existenz zu entwirren. Ich überlege, was ich tun kann. Viel fällt mir nicht ein. Ich kann keinen Gedanken mehr fassen, bin nur fähig, sinnliche Wahrnehmungen zu registrieren. Der Wind trägt frische grüne Gerüche zu mir herüber. Ich schlafe nicht, aber etwas in mir ist eingeschlafen. Ich spüre die frische Brise auf meinem Gesicht und geniesse das Gefühl. Dies - die Tatsache, dass ich noch immer an solch einfachen Dingen des Lebens Freude empfinde - überrascht mich weit mehr als der plötzliche Lärm. Mir wird klar, dass ich mich an den Krieg

gewöhnt, mich akklimatisiert habe, die Toxine des Krieges ohne weiteres einatmen kann. Der Krieg ist meine neue Heimat, der Platz, wo ich wirklich hingehöre. Du hast natürlich Recht gehabt. Alles ist voll von Zeichen, Mustern, Zusammenhängen und Zyklen ... Aber diese Dinge sind das Resultat subtiler natürlicher Prozesse. Eine Interpretation ist reine Zeitverschwendung ... das Geheimnis wird in einen Käfig gesperrt und die Tür dahinter abgeschlossen. Die einzige Chance ist die Verschanzung, die Errichtung eines Schutzwalls. Man muss zum Ungeheuer im eigenen Labyrinth werden, genauso brutal und verschlagen wie das Schicksal, dem man zu entkommen sucht. Das ist der Weg des kriegerischen Akzeptierens, jetzt erkenne ich es. Hau ab! Geh weg! Ich spüre eine fast körperliche Verpflichtung dem Augenblick gegenüber. Sie verliert die Geduld. Vielleicht will sie Zeit gewinnen. Nerven zucken in meiner Brust. Der Druck in meinem Innern nimmt zu, drängt mich zu handeln, sofort aktiv zu werden. Ich kämpfe dagegen an. Das Gift der Wut schüttelt mich. Aber ein Gefühl tiefer Demütigung mischt sich darunter ... Schwäche.
000000000000000000000000000000000000000000000000
000000000000000000000000000000000000000000000000
000000000000000000000000000000000000000000000000
Und Erleichterung. Sie singen ein rauhes schnelles Lied. Der Himmel hat eine bläulichgraue Färbung angenommen. Ich brauche mich nicht zu schämen. Alles wird gut werden. Ich sorge mich nicht wirklich, ich bin nur neugierig. Das Gefühl, das man hat, wenn man ein Kino kurz vor Filmende verlassen muss. Wird die Heldin überleben? Wird die Gerechtigkeit siegen? Tröstende Gedanken, die keinerlei Bilder oder Vorstellungen enthalten. Nur ein leichtes Surren geistiger Tätigkeit wie der Leerlauf eines Motors. Eine nervöser Schauer überläuft meine Magenmuskeln. Es ist ein tolles Lied. Das Lied macht mich irgendwie glücklich, und das ist nicht wenig. Ich fürchte mich davor, zu sterben, ich fürchte die

Schrecken, die dieses Leben mit sich bringt … Man braucht einen Zauber, um ein guter Soldat zu sein, sich der Disziplin zu unterwerfen, um mit äusserster Wildheit zu kämpfen. Aber ich habe keine Ahnung, wie ich das in Worte fassen soll. Du! Hör mit dem Quatsch auf! Mach keinen Ärger! Hallo, wie gehts? Vergeblich versuche ich mir etwas zurechtzulegen, das ich meinen Eltern sagen kann. Es gelingt mir kaum, mir ihr Bild vor Augen zu rufen. Wenn ihrs genau wissen wollt, ich fühl mich, als wär ich tausend Jahre alt. Zivilisiert. Yeah, okay. Zivilisiert zu sein, bedeutet wohl, cool zu bleiben. Also gut! Nur zu! Wir können uns das jetzt sparen. Es hat wenig Sinn, dass wir so weitermachen. Nimms einfach als eine Art Stimmung hin … wie eine Droge, meine ich.
000000000000000000000000000000000000000000000000
000000000000000000000000000000000000000000000000
000000000000000000000000000000000000000000000000
Es hat angefangen, zu regnen, ein leichter Nieselregen, und die Musik wirkt wie eine Untermalung des Regens. Los, sag ihnen, wies in der Welt wirklich zugeht. Ein Rascheln im Gestrüpp. Sie haben die Aufgabe, mir überallhin zu folgen, doch immer, wenn ich eine direkte Konfrontation mit ihnen anstrebe, ziehen sie sich zurück, als ob ich ihnen Angst einflösse. Der Wind legt die Spitzen der Büsche flach. Ich schliesse die Augen und lasse mich von der Wärme durchfluten. Du verdammter Idiot. Träumen? Halt dein blödes Maul. Ich sollte mal ein bisschen auf dir rumtrampeln. Immer wieder sage ich mir, genug mit der Scheisse, von jetzt ab berichtest du von der Heimatfront, wo niemand sich um etwas kümmert. Früher habe ich geglaubt, dass ich weitermache, weil ich mich der Wahrheit verschrieben habe, und nicht, weil ich pervers oder verblendet bin, aber jetzt bin ich mir da nicht so sicher. Vielleicht passiert noch etwas. Es gibt ganz offensichtlich eine gegenseitige Anziehung. Überall Soldaten. Was ist los? Sag lieber, wo wir uns ein bisschen Ekstase verschaffen können … ich meine, das ist natürlich schlimm,

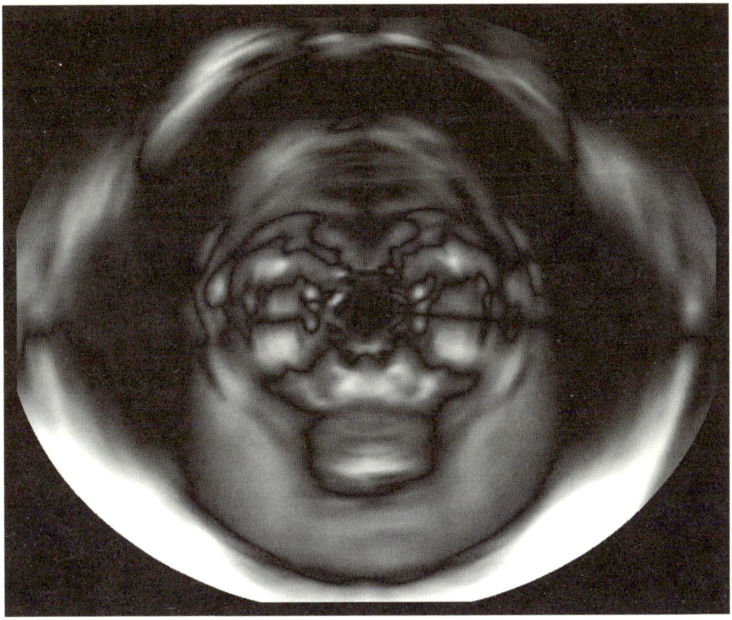

aber ich will nichts davon hören. Also, was soll ich euch Leuten erzählen? Ich kann nicht mit euch streiten. Nichts, was ich sage, wird eure Meinung ändern. Aber ich schweife ab. Sie sieht uns mit verträumten Augen an. Wir haben ein kleines Problem. Mein Gott! Die schlachten da die Leute auf offener Strasse ab. Du hast es wohl nicht gesehen. Sie blockt mich nicht ab, sie spielt mir nichts vor. Sie glaubt mir einfach nicht. Sie weiss, dass sie in den wichtigen Dingen recht hat, beim grossen, allumfassenden Bild, und so ist ihr klar, dass jede Information, die das Gegenteil besagt, verfälscht sein muss. Das sind beängstigende Menschen. Du verschwendest deine Zeit. Hey, du magst vielleicht ausgebrannt sein, aber ich bin es nicht. Das hier ist eine ganz schön böse Scheisse. Kannst du es nicht riechen? Sie lächelt. Mach dir keine Sorgen, es ist alles in Ordnung. Sie glaubt daran. Sie will, dass auch wir es glauben. Zu unserem Besten. Keine Sorge. Es ist alles in Ordnung. Sie steht in der Mitte des Raumes, den Kopf nach oben und etwas zur Seite gelegt wie jemand, der in der Ferne einen Ruf vernimmt.
000000000000000000000000000000000000000000000000000000
000000000000000000000000000000000000000000000000000000
000000000000000000000000000000000000000000000000000000
Plötzlich kommt mir das alles höchst metaphorisch vor. Es ist ein entscheidender Augenblick in meinem Leben. Ich bin sicher, dass einige, die dies als Fiktion lesen, sagen werden, ich hätte die wirkliche Situation trivialisiert. Aber das ist nicht der Fall. Diese Dinge sind nicht die Ausnahme, sie sind die Regel. Das ist es, was mich antreibt, diese ganze miese Geschichte immer wieder zu erzählen. Auch du hast dieses instinktive Gefühl für Mitleid, für Wahrheit, für Hoffnung. Ich bin eiskalt und gefühllos. Das mag unfair erscheinen. Keiner spricht viel. Ich weiss nicht, was in ihrem Kopf vorgeht, aber ich spüre, dass die Ströme unserer Gedanken ziemlich parallel laufen. Sie beginnt zu zittern. Ja. Nein, bitte nicht ... Sie gibt einen verzweifelten kleinen Laut von sich.

Ist das nicht komisch? Ist das nicht irgendwie falsch? Sei vorsichtig. Du tust dir nur selbst weh. Aber ich hab darauf gewartet, dass du diesen Durchbruch schaffst. Jetzt können wir richtig anfangen. Ich weiss, du bist erschöpft. Aber ich bin bei dir. Darauf kannst du dich verlassen. Ich muss einfach hart mit dir umgehen, nur dann wirst du so abgebrüht, wie's in der Welt nötig ist. Du kannst mich am Arsch lecken. Wie soll ich wissen, was vor uns liegt? Sturmwolken treiben von Norden heran. Erzähl mir was über das Glück. Sie spricht in einem gehauchten Flüsterton und lässt eine Litanei von Erklärungen vom Stapel, sie beschreibt Leben, die Mustern unterliegen, Sicherheit, die durch die Wiederholung eines Verhaltens garantiert ist, und ich denke an mein eigenes Überlebensritual. In all diesen Verhaltensweisen liegt die gleiche Selbsttäuschung. Ich versuche, diese Vorstellung als schizophren abzutun, aber es gelingt mir nicht. Eine sonderbare Spannung erfüllt mich, eine Mischung aus Vertrauen und Unentschlossenheit. Das Rauschen des tiefgrünen Laubwerks gibt mir Kraft. Aberglauben und so weiter.
0000000000000000000000000000000000000000000000000000000
0000000000000000000000000000000000000000000000000000000
0000000000000000000000000000000000000000000000000000000
Hättest du Lust dazu? Je häufiger die Behandlung, desto extremer die Wirkung. Yeah, das geht schon in Ordnung. Du machst dir doch nicht etwa Sorgen um deine Menschlichkeit? Schlaf jetzt ein bisschen. Ich erlaube mir, sie aus allen Blickwinkeln zu betrachten, und jeder Blickwinkel gewährt mir neue Einsichten in ihren Charakter und zeugt von ihrer Anpassungsfähigkeit, ihrer Unempfindlichkeit, ihrer Fähigkeit zur Hingabe. Sie geht mir zwar immer noch auf die Nerven, aber ich erkenne, dass ihre Arroganz eine entscheidende Voraussetzung für die Beherrschung der Macht ist. Erwischt! Nicht schlecht. Nein, so gehts nicht. Nehmen, was man braucht, und geben, was man kann. Nur so kannst du in dieser Welt leben. Was ich sag, gilt für die ganze Welt.

Nimms dir nicht so zu Herzen. Du lernst es noch. Braucht ein bisschen länger, klug zu sein und nicht nur stark.
0000000000000000000000000000000000000000000000000000000
0000000000000000000000000000000000000000000000000000000
0000000000000000000000000000000000000000000000000000000
Aber der Krach wird immer schlimmer. Bist du übergeschnappt? Langsam breitet sich eine ärgerliche Röte über ihr Gesicht aus. Vergiss das blöde Wort, okay? Sie klingt ungeduldig und reizbar. Aber in ihren Augen ist ein merkwürdiges Flackern, das - was ausdrückt? Unsicherheit? Verletzlichkeit? Wir sind nicht sicher, was zum Teufel wir hier eigentlich tun. Vielleicht kannst du es uns sagen. Ich mache grosse Augen. Manche Dinge ändern sich nie. Und los gehts. Ein Nonsenswort? Nein, nein, ein richtiges, eines, das Bedeutung für mich hat. Das mich aufrüttelt. Was ich höre, ist eine zufällige Geräuschansammlung, die ich automatisch zu einer bedeutungsträchtigen Struktur angeordnet haben muss. Ich strenge mich an, mehr zu hören. Aber alles ist wieder Geplapper. Ich kann dich hören, und ich kann dich verstehen, aber es gibt eine Menge Störungen. Die Verbindung ist abgebrochen. Ich höre nichts mehr. Daran ist nichts Neues. Grösstenteils ist es blosses Geplapper. Ein reiner Glückstreffer. Du weisst schon, die Kunst zu finden, wonach man gar nicht sucht. Sie schaut verstört drein. Das glaube ich nicht. Aber lass mich erzählen. Uns alle macht es ganz verrückt. Es ist kein verfluchter Witz. Sie starrt mich an. Ihre Nasenflügel zucken verächtlich. Falsch. Total falsch. Aber es muss echt sein, das ist der Haken. Ich brauche keine rationale Erklärung dafür, jedenfalls nicht sofort. Ihr Akzent ist schrecklich. Was sagt sie da gerade? In der Hauptsache betet sie. Es ist zu fragmentarisch, um gross einen Sinn zu ergeben. Nichts daran ist plausibel. Du sprichst ihre Sprache. Das Schreien und Kreischen beginnt. Ich kämpfe mit den verwirrenden Worten. Hier liegt einfach ein Kontextproblem vor. Ich spreche von sehr weit weg zu dir. Wir haben den

Kontakt verloren, glaube ich. Es war ein langer Tag für mich, ich bin sehr müde. Bist du okay? Du siehst aus, als hätte dein Gehirn einen Kurzschluss. Alles ist möglich, nicht wahr? Was, zum Teufel, versuchst du mir zu sagen? Mehr erzähle ich ihr nicht. Ich kann es nicht. Ich verlange keine fundamentale existenzielle Analyse. Hör dir nur mal an, wie sie spricht. Es ist … unheimlich. Selbst wenn du kein Wort von dem verstehst, was sie sagt, kannst du die Kraft darin spüren. Die aufgespeicherte Wut. Lass mich das Ganze nochmals durchdenken. Ich meine nicht deine Scheiss-Hypothese. Ach, scheiss auf dein Beispiel. Dein Beispiel ist absolute Scheisse. Dein Beispiel ist Mist. Ich habe mich dazu durchgerungen, so gespenstisch es auch ist. Jetzt gibst du der Sache eine noch gespenstischere Wendung, und das ist zuviel. Das ist verflucht zuviel. Es verletzt meinen Sinn für Richtigkeit, für Angemessenheit. Du kennst doch Occams Messer? Das mittelalterliche Axiom? Vermehre Hypothesen nie unnötig. Wähle die simpelste. Du treibst es zu weit. Lass mich einen Augenblick nachdenken. Bloss, weil es keinen Sinn ergibt, bedeutet das nicht, dass es unmöglich ist, oder? Zum Teufel, wir sind nicht an dem Punkt, wo wir uns um Erklärungen Sorgen machen müssen. Wir müssen zuerst die grundlegenden Dinge herausfinden. Ihre schiere Energie ist erstaunlich. Du kannst wirklich einen Sinn in dem Zeug erkennen? Ich lächle ihr zu. Na und? Ich kann damit fertigwerden. Dann plötzlich spüre ich die Anspannung. Das ist alles, was übriggeblieben ist. Signal ist weg. Und du hast keine Vorstellung, wer sie hätte sein können? Wie könnte ich? Für sie ist es nicht einmal ein Traum.
00000000000000000000000000000000000000000000000000000000
00000000000000000000000000000000000000000000000000000000
00000000000000000000000000000000000000000000000000000000
Du siehst ganz schön geschafft aus. Hol sie zurück. Sie ist eine sehr entschlossene Frau. Ich möchte sie nicht verlieren. Ich hole tief Luft. Hilf mir. Hilf mir. Mein Gott, du siehst

seltsam aus. Du siehst aus wie eine Besessene. Du musst todmüde sein. Du schläfst im Stehen. Entspann dich jetzt. Sie hat ihr wahres Selbst gefunden. Und ich habe das bewirkt. Ich habe das alles in Bewegung gebracht. Na gut, geh, sei, was du eigentlich immer sein wolltest. Du hast nicht geglaubt, dass ich das in mir habe, was? Du Scheisskerl. Dann lache ich. Ganz schön schnell. Eine riesige Maschine? Für was? Sie saugen den ganzen Planeten aus. Kein Wunder, dass sie uns ignorieren. Wie eine Katze, die mit einer Maus spielt. Ich verstehe das alles. Es wird vor mir aufgeführt. Mein Körper funktioniert gut. Sport? Was ich eigentlich will, ist verschwinden. Sie war schon immer ungemein intelligent. Aber seltsam, launisch. Verträumt. Was ich möchte, ist verschwinden. Sie scheint sich darüber im klaren zu sein, dass sie rapide verfällt und sich in tödliche Gefahr begibt. Es scheint ihr nichts auszumachen. Wenn du verschwindest, wohin willst du dann gehen? Der einzige Weg, die Realität zu verstehen, besteht darin, sie sich genau anzusehen. Es ist wie eine Trance ... Du bündelst deine Konzentration, bündelst sie immer mehr, immer mehr, und plötzlich kann ich alles sehen. Ich meine, was passiert tatsächlich? Es ist ein Strom von Farben, ja. Pulsierend. Es ist das, was ich sehe. Das ist es! Das ist es genau. Sie schwitzt jetzt. Ihr Gesicht ist gerötet. Ihre Hände zittern. Ich habe eine ausserordentliche Gabe. Ich kann meinen Körper total unter Kontrolle halten. Ich bringe eine enorme Willenskraft auf. Seid ihr zu einer solchen Disziplin fähig? Seid ihr überhaupt in der Lage, sie auch nur andeutungsweise zu begreifen? Natürlich könnt ihr das nicht. Aber ich kann es. In Wirklichkeit geht es um die Demonstration von Willensstärke. Das wahre Ziel ist das Erringen einer totalen Kontrolle - über den Körper, über das Leben, ja, über die ganze physische Welt. Sie sieht jetzt etwas gesünder aus. Was ich bis jetzt erreicht habe, ist nur ein Anfang. Nur ein Anfang. Ich renne. Hier kann ich mich frei bewegen. Ich habe eine unendliche Energie. Meine Beine bewegen sich wie

Sprungfedern. Aber da ist noch mehr. Ich renne weiter und weiter und weiter. Sie verfolgen mich durch das luftlose Nichts. Der Himmel selbst tanzt. Ich renne und renne, aber auf jeder Seite sind diese Monstren, und eine Flucht ist unmöglich.
00000000000000000000000000000000000000000000000000
00000000000000000000000000000000000000000000000000
00000000000000000000000000000000000000000000000000
Eine derart offene Rebellion entspricht ihr nicht. Viel hast du ihr nicht helfen können, nicht wahr? Es sieht ziemlich schlecht aus. Es geht ihr gar nicht gut. Sie steht auf der Kippe. Ihre Augen sind kalt. Was soll ich dazu sagen. Sicher. Es kostet nichts. Ich gebe ihnen, was ich kann. Ich komme nie nahe genug heran. Diese Nacht sucht mich wieder ein Traum heim, lebendig, präzise, konkret. Demnach hat sie ihr Ziel jetzt erreicht. Über Nacht hat sich alles verändert. Ich hab zwar immer noch denselben Job, das Leben geht weiter und die Rechnungen müssen bezahlt werden, aber nichts davon ist wirklich wichtig. Es ist mir gleich, was du sagst. Das ist alles. Wozu die ganze Mühe? Ich streife ruhelos umher, meide andere Menschen und bin bemüht, ihre Kommentare zu überhören. Aber es ist dort. Daran gibt es keinen Zweifel. Und dann ist es fort. Was ist? Wir haben alles andere versucht. Warum also nicht? Wenn ich es wüsste, würde ich nicht fragen. Ja, natürlich. Aber ich habe auch noch meine Selbstachtung. Ich werde nicht hingehen und mich für sie als Hure verkaufen. Jeder sagt das. Ich hab die gleichen Gerüchte gehört. Sie schwankt am Abgrund, will springen, hat aber Angst, loszulassen. Eintritt freiwillig, denke ich. Ich zittere am ganzen Leib. Bin ich drin? Bin ich angenommen? Es wird immer so gemacht. Ich hab nicht an reden gedacht. Es gibt sicher andere Möglichkeiten der Kommunikation. Schau, das ist kein Wettbewerb. Es ist keine Frage der Ausbildung, des Willens oder der Intelligenz. Ich weiss auch nicht, wie ich es mache. Wenn ich spreche, weiss ich nicht, woher die Worte

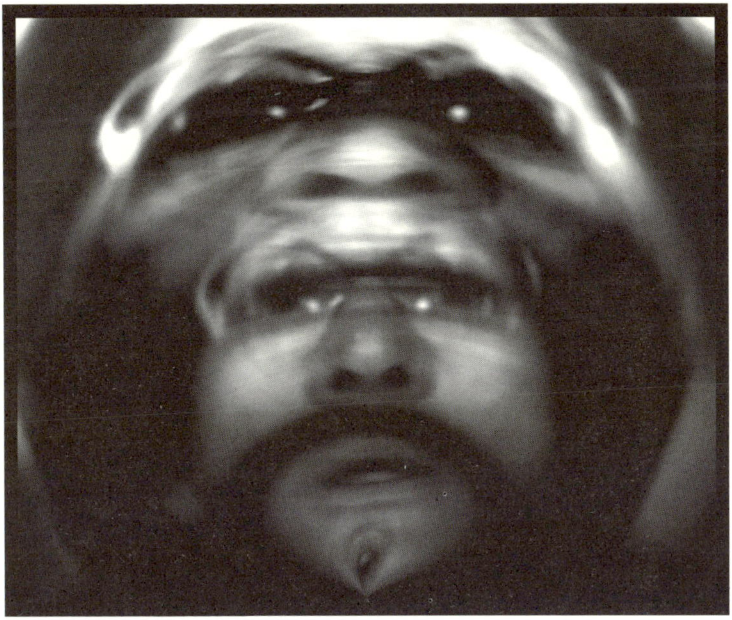

kommen. Vielleicht ist es eine Form der Kunst. Vielleicht ein Spiel. Vielleicht eine bedeutungslose körperliche Reaktion. Sie bricht ab. Ein dünner Schweissfilm liegt auf ihrem blassen Gesicht, sie atmet schwer. Du kannst mich alles fragen. Ich kann mich nicht sattsehen. Jetzt, endlich, wird es geschehen. Du kannst tun, was du möchtest.
00000000000000000000000000000000000000000000000000
00000000000000000000000000000000000000000000000000
00000000000000000000000000000000000000000000000000
Nichts unterbricht meine Einsamkeit. Die Leute fallen in den Rhythmus, der zu ihnen passt. Es ist am besten, man passt sich an, nimmt alles, wie es kommt. Als sei das alles eine lang vertraute Abfolge von Ereignissen. Ein Anflug von Übelkeit in meinem Magen ... Wir alle sind in dieses Netz verstrickt. Eine Frage der Einstellung. Du kannst alles tun, wenn du die Kontrolle darüber hast. Du musst wissen, was es dir einbringt, wenn du es tust, das ist alles. Das Leben ist nicht lang genug, um seine Seele dafür zu verkaufen. Ich dachte, du hältst dich über solche Dinge auf dem Laufenden, bemerkt sie sanft. Um ein Opfer zu haben? Ist es nur das? Als Versuchsobjekt - für ein laufendes Projekt? Berührungspunkte, sprudelt die Antwort an die Oberfläche, ein Überschneiden der Linien. Gegensätze sind aufeinander angewiesen. Lust und Schmerz, mein Schatz. Alles kann in einen anderen Zustand versetzt werden, sonst könnte sich überhaupt nichts verändern. Ich kann mich nicht darauf verlassen, denke ich mit benebeltem Hirn, in einer plötzlichen Schwäche. Ich kann mich auf überhaupt nichts verlassen. Ich habe nicht darüber nachgedacht. Ich habe nicht für mich gesprochen. Ich habe überhaupt nicht gesprochen. Na ja, es war so, als hätte ich eine Art Anfall gehabt oder wäre ohnmächtig geworden und gerade aufgewacht ... ich war entsetzt. Als sei ich krank gewesen und nun auf dem Wege der Besserung. Als wäre das, was mir zugestossen ist, eine peinliche Sache. Ich möchte es so schnell wir möglich vergessen. Aber ich kann es nicht. Du

kannst Fragen stellen. Du kannst tun, was du willst. Aber es funktioniert nicht, das versuche ich dir klar zu machen. Es funktioniert einfach nicht. Bisher nicht und auch nicht in Zukunft. Aus der Luft zeigt sich die Unwirtlichkeit des Landes am deutlichsten. Und das Spiel hat sich von Grund auf geändert. Wir haben Krieg. Der Krieg ist immer noch im Gange, manchmal im Verborgenen, manchmal weit entfernt. Ganz anders als in den alten Tagen. All diese richtungslose und chaotische Bewegung. Aus der Ferne mag ich es.
000000000000000000000000000000000000000000000000
000000000000000000000000000000000000000000000000
000000000000000000000000000000000000000000000000
Aus der Nähe macht es meine Hände schwitzen. Beruhige dich, hätte sie jetzt gesagt. Es gibt Dinge, die sich deiner Kontrolle entziehen. Mehr als das. Will man etwas erledigt haben? Was ist man bereit zu zahlen? Was hat man anzubieten? Geld ist nicht die Antwort. Ein Drama von sorgfältig abgestimmter Intensität. Bestimmte Fertigkeiten - erworben auf der Ebene von Geweben und Nerven. Der Konkurrent tut es auch, weil es die einzige Möglichkeit ist, sich Dinge schnell genug anzueignen. Aber nein. Irgend etwas hat die Richtung geändert. Es ist eine niederschmetternde Enttäuschung. Also ein politischer Vorteil. Das neue Modell haben sie es genannt. Ein guter Angriff. Bist du dir sicher, dass du diesen Krieg willst? Es kann sein, dass du nicht darauf vorbereitet bist. Ich werde dich zu Fall bringen. Ja, das werde ich tun. Ja, so läuft die Sache. Krieg also. Das Lächeln wird brciter. Oder verhandeln. Beobachte meine Schritte. Ich werde gewinnen. Beobachte mich ganz genau, sagt dieser Blick.
000000000000000000000000000000000000000000000000
000000000000000000000000000000000000000000000000
000000000000000000000000000000000000000000000000
Das wird Folgen haben. Ein höfliches Murmeln. Kein Widerspruch. Sie gehört zu den Sonderpersonen. Ihr Herz macht einen Sprung und schlägt etwas schneller. Gefahr, warnt es.

Ihre Arbeit besteht im Manipulieren, und wenn sie Menschen bis ins Innerste entblösst, ist sie ganz in ihrem Element. Es ist ihr Beruf, verstehst du, ein Hang zu Intrigen. Was steht drin, in Wirklichkeit? Was verbirgt es? Ich weiss nicht alles darüber. Aber ich weiss, dass es ernst ist. Ein bisschen spekulativ vielleicht. Sie ist eine Sonderperson. Sie kann so ziemlich alles verlangen, was sie braucht. Es ist eine politische Frage ... Man muss eine Vielzahl kritischer Entscheidungen treffen. Wir arbeiten mit Menschenmaterial - ich stehe enorm unter Druck. Da kommt wieder der Zeitfaktor ins Spiel. Auf der einen Seite ist eine Lebenszeit so knapp. Auf der anderen Seite - kommt es in einem Projekt, das sich mit einem menschlichen Leben befasst, zu so vielen Leerläufen, so vielen Phasen, in denen nur die Zeit die Lösung bringen kann. Das heisst, wir werden weiterhin mit ihr zu tun haben. In praktischer Hinsicht ist es die alte Geschichte vom „schmalen Grat" - ihr wisst schon, zwischen Genie und Wahnsinn. Wir reden von mentaler Ähnlichkeit, von zwei Individuen, die sich mehr ähneln, als das bei eineiigen Zwillingen gewöhnlich der Fall ist. Es ist sehr kompliziert ... ein zu starkes Interesse. Obwohl es sich plausibel anhört. Von vorn bis hinten. Helft mir und ich helfe euch. So einfach ist das. Ich bin mir der politischen Umstände vollkommen bewusst. Manchmal muss man einfach jemandem vertrauen. Sonst gelingt nichts. Nun? Willst du mir bei einer solchen Routineangelegenheit Schwierigkeiten machen? Soviel hätte sie nicht allein herausfinden können. Aber verdammt, sie hat es herausgefunden. Wir reden über Spezialoperationen. Was ich will, ist ein Zugang. Oh, wir gehen immer noch freundlich miteinander um. Wir haben unsere kleinen politischen Debatten. Sie weiss verdammt gut, dass ich ihr nicht glaube. Und sie weiss, dass ich weiss, dass sie weiss, und so weiter und so fort. Deshalb lächeln wir uns an. Zu bestimmten Zeiten muss man die Dinge laufen lassen. Eitel, eitel. Hören wir doch mit dem Getue auf. Alle sind erleichtert. Alle lachen.

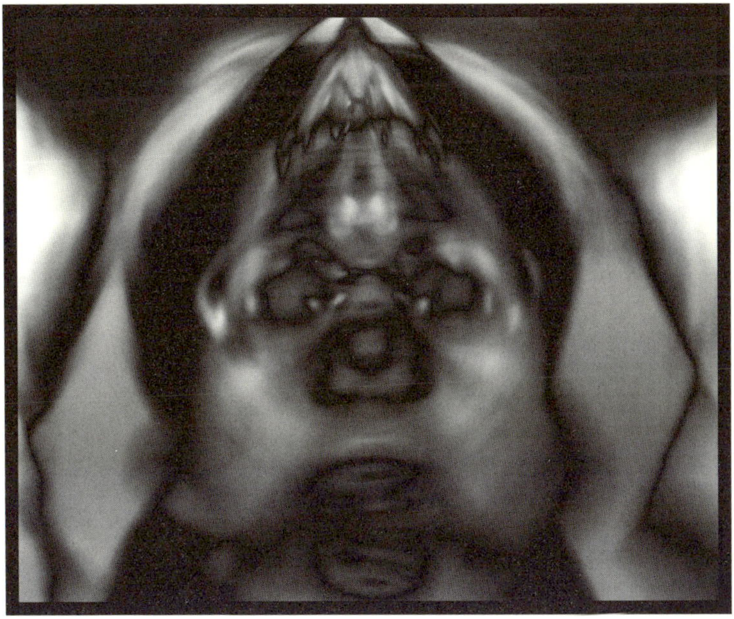

Das ist die uralte Regel hier - bloss nichts Unangenehmes. Man schlägt hier auf intelligente Weise zurück, und man geht nicht zu weit. Sie kichert leise. Ich werde an meinem Buch schreiben, mich der Forschung widmen. Einige Dinge vorbereiten. Mich einfach zurückziehen, meine ich. Zum Teufel. Es tut mir leid, wenn du in dieser Sache deine Objektivität verloren hast. Reg dich erst mal ab. Du hast mit mir zu tun, meine Liebe, und du weisst, dass ich gut darin bin, meinen Willen durchzusetzen. Wo ist dein Einfühlungsvermögen? Was willst du überhaupt? Tu einfach, was ich dir gesagt habe. Du arbeitest für mich. Hast du mich verstanden? Jetzt geh und kümmere dich um deine Arbeit. Warum macht sie das? Mein Gott, ich habe das nicht kommen sehen. Ich weiss es nicht. Ich weiss es nicht. Ich bin angeekelt und erschrocken. Ich erkenne die Falle, die man mir stellt - unterschwellige Provokationen, eine Strategie, um mich zu einer unbedachten Handlung zu verleiten. Es hat Schwierigkeiten gegeben. Es hat mehr als Schwierigkeiten gegeben. Ich kann zurückschlagen - indem ich meine Fähigkeit einbüsse, schockiert zu sein, indem ich freche Antworten gebe, das Spiel mitmache ... aber es ist ihr Spiel. Ich werde mir etwas ausdenken. Es gibt einen Ausweg. Machst du da etwa eine Dummheit? Ruhig. Das ist ein Befehl. Kein Wort mehr! Ich will nichts hören. Verstanden? Ich will, dass du auf Null gehst.
0000000000000000000000000000000000000000000000000
0000000000000000000000000000000000000000000000000
0000000000000000000000000000000000000000000000000
Tiefenentspannung, jetzt sofort. Verstehst du mich? Bloss keine Panik. Ruhig bleiben. Vertrau mir. Ich weiss, was ich tue. Halt den Mund! Ist das klar? Sie wird damit klarkommen. Los! Überall riecht es nach Flusswasser und Öl, und die Luft ist schneidend kalt. Um Gottes willen ... Alles hinterlässt Spuren. Ich gehe nicht weg. Also bin ich heute Nacht gar nicht hier. Ich weiss überhaupt nichts darüber. Anders gehts

nicht. Na, wunderbar. Aber wenn ich die Nacht über hier sitze, muss eine Verschwörung dahinterstecken ... selbst ich habe ein Recht, mich egoistisch zu verhalten. Ich bin, je mehr ich Zeit habe, darüber nachzudenken, fremden Einflüssen unterworfen. Und ich habe keine Anweisungen dafür bekommen. Alles, was ich gelernt habe, bestätigt mir nur, dass meine Reaktionen konditioniert sind, mein Wissen begrenzt, mein Denken potentiell mangelhaft ... Wenn du jemals das Gefühl hast, dass du in Schwierigkeiten bist, dann komm zu mir und erzähl mir, was du siehst und was du fühlst, und ich werde für dich die Antwort finden. Versuch und Irrtum. Ich wäre lieber du. Wir verändern ständig unsere Konditionierung. Wir vollführen ständig einen Balanceakt über einem Abgrund. Nichts kann die Oberhand gewinnen. Eine Balance in jeder Hinsicht. Ich benehme mich wie ein Idiot, sage ich mir. Fehlfunktion. Ich sollte klüger sein. Warum habe ich mich also nicht lauter zu Wort gemeldet? Ich bin so schrecklich empfindlich. Weil ich innendrin weich wie Pudding werde, wenn jemand sich aufführt, als wüsste er, was er tut, und ich dann aufhöre, meinen Kopf zu benutzen, deshalb. Oh, verdammt, verdammt, verdammt! Verdammt, ich habe kein bisschen Selbstvertrauen, ich versuche mich zu vergewissern, bevor ich etwas tue, und ich tue, verdammt noch mal, überhaupt nichts, ich nehme nur Befehle entgegen. Idiot, allerdings. Man muss die Zweifel hinunterschlucken und einfach weitermachen. Zweifel gehören zum Leben, meine Kleine. Das Universum wird nicht untergehen, wenn du es nicht packst. Nicht einmal ich würde daran zugrundegehen, wenn du dir den Hals brichst. Nur dein privates Universum wird untergehen. Verstehst du das? Ich bin frei, denke ich. Hier draussen bin ich frei, für mich allein, zum ersten Mal in meinem Leben. Und dann denke ich: ich bin mir nicht sicher, obs mir gefällt. Ich habe keine Ahnung. Keine Ahnung. Wie spät ist es? Ein Gefühl, als würde ich krank werden. Es geschieht absichtlich. Ich halte mich mit Kleinigkeiten auf, weil ich so lang, so verdammt lang warten muss. Ich weiss das. Sie tut nie etwas ohne einen Grund. Ich bereite mich auf alles vor, selbst auf das Schlimmste. Woher sollte ich es wissen? Jetzt wundere ich mich nicht mehr. Was weisst du darüber? Nichts. Überhaupt nichts. Natürlich nicht. Das bereitet ihr also Kopfzerbrechen. Dieses irrationale Verhalten. Sie inszeniert ihre eigenen Reaktionen - mit ihrem ganzen Geschick, um die Sache bis zum Ende durchzuziehen. Ich muss dasselbe tun. Vielleicht lügt sie. Warum? Meine Muskeln fangen an zu zittern. Ich spüre, wie mir meine ganze Selbstbeherrschung entgleitet und versuche, mich neu zu sammeln. Du hast wirklich gute Nerven. Und du bist überhaupt nicht frech, was? Was sollen wir denn machen, um dieses Durcheinander zu entwirren? Hast du es von Anfang bis Ende durchdacht? Fabelhaft. Du bist so ruhig. Du bist wirklich ein kluges Köpfchen. Du hast mir etwas beigebracht. Abbruch und Wiederaufbau. Der Plan ist sehr gerissen. Nur - sie werden dich im Handumdrehen fallen lassen. Aber das weisst du ja alles. Ich bin in eine Falle getappt. Aber wie hätte ich es vermeiden können? Was habe ich falsch gemacht? Du bleibst hier. Ich habe einfach die einzige Möglichkeit wahrgenommen, die ich für praktikabel hielt. Meine beste Entscheidung. Mehr kann ich dazu nicht sagen. Ich wollte keine Spuren hinterlassen. Sie hat alles im Griff. Auf diese Weise ist es nicht so schlimm. Aber es gibt Grenzen für das, was sie tun kann. Die Rohheit trifft mich wie ein Schlag, lässt mich fast in Tränen ausbrechen. Mein Gott, was können wir machen? Du hast immer gesagt - wenn etwas passiert ... ich werde am Ende die Nase vorn haben. Da bin ich mir sicher. Nein, das ist falsch, es gibt etwas ... verlass dich nicht darauf, dass es etwas gibt, was sie nicht tun würde. Sie ist zu allem fähig. Ich höre zu. Ich höre sehr angestrengt zu. Mein Gesicht brennt, wann immer ich darüber nachdenke. Sei ein Mann, kämpf dich durch den ganzen Mist, lerne daraus. Mein Herz hämmert los ... ich befinde mich in dieser Situation, deren

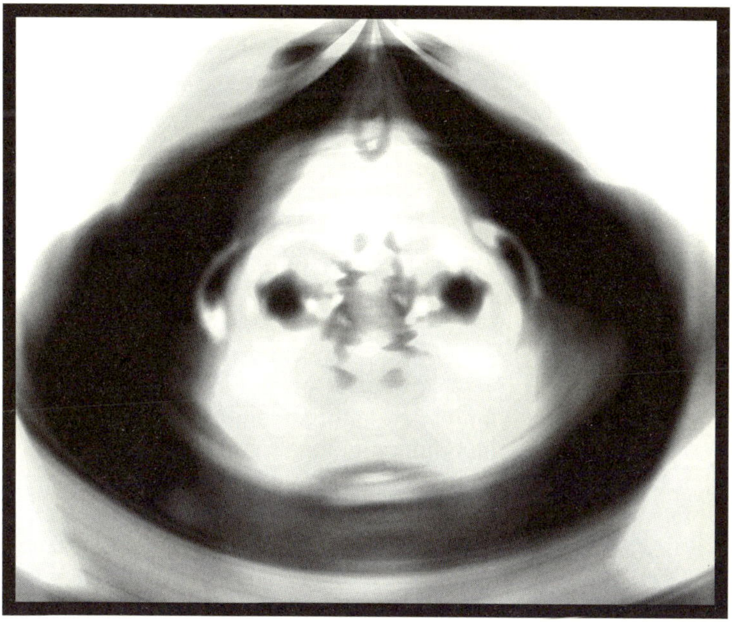

Grenzen ich nicht abschätzen kann. Das kann ich auch, denke ich insgeheim. Aber ich bin zu höflich, es auszusprechen. Setz dich etwas näher, mein Schatz. Es ist doch alles in Ordnung. Ist das denn nicht angenehm, hm? Du solltest dich wirklich nicht so verkrampfen. Sei nicht so nervös. Da, entspann dich. Das ist ein schönes Gefühl, nicht wahr? Du bist so angespannt. Sieh mal, es ist ein einfacher kleiner Handel. Vielleicht ist das eine Möglichkeit. Vielleicht ist das wirklich eine Möglichkeit, aus der Sache herauszukommen. Komm schon, mein Schatz. Entspann dich! Du kannst wirklich nichts tun, das weisst du so gut wie ich. Möchtest du es selbst versuchen? Ist das das Problem? Alles scheint unwirklich, alptraumhaft. Und das gehört alles dazu, ist Teil des gemeinen, schmutzigen Geschäfts. Du hast gesagt, du hättest noch nie herumexperimentiert. Stimmt das? Hältst du dich für normal? Du meinst, das sollte etwas mit Zärtlichkeit zu tun haben. Das ist falsch. Zärtlichkeit hat damit gar nichts zu tun. Man tut es für sich selbst, aus Eigennutz, weil es ganz einfach Spass macht. Das ist alles.
000000000000000000000000000000000000000000000000000000000000
000000000000000000000000000000000000000000000000000000000000
000000000000000000000000000000000000000000000000000000000000
Es fällt mir schwer, zu atmen. Es fällt mir schwer, zu denken. Ich versuche, meinen Geist irgendwohin zu verbannen, in eine Art Nebel, in dem ich mehr und mehr die Kontrolle über mich verliere. Nicht gut, denke ich. Aber meine Sinne nehmen am Rande eine Verschiebung wahr, ich habe Schwierigkeiten mit räumlichen Beziehungen … es ist ein Sog. Panik brandet durch mein Hirn, löst ein Chaos aus, die Reize stürmen zu schnell auf mich ein, während mein Körper zurückbleibt. Keine hohe Dosis. Ich kann sehen. Ich bin noch immer bei Bewusstsein. Ich versuche mich zu bewegen. Ich versuche, misstrauisch zu sein. Das ist das Schwierigste. Ich weiss es nicht. Ich bin erschrocken und schäme mich. Sie tun Dinge mit mir, die falsch sind, falsch und schrecklich. Hört auf

damit, denke ich. Hört auf damit. Ich bin damit nicht einverstanden. Ich will das nicht. Eine Explosion meiner Sinne, irgendwo im Dunkeln. Helft mir! Ich will das nicht. Es ist etwas Erotisches. Verstehst du es jetzt? Mehr ist gar nicht dabei. Bloss biologische Reaktionen. Beweg dich nicht. Ich kanns dir zeigen. Zwischen Schmerz und Lust, mein Liebling, liegt eine so schmale Grenze. Mein Herz macht einen Sprung und fängt an zu hämmern. Was soll ich tun? Was du willst. Ihr Tonfall ist neutral, frei von Andeutungen. Es würde nicht funktionieren. Ich weiss nicht, was zurückkommt. Aber sie werden kommen, Partikel der Erinnerung, die an die Oberfläche treiben und sich für einen Moment zeigen, ein Aufflackern von Worten, Gefühlen und Visionen, bevor sie sich überschlagen und wieder ins Dunkel versinken. Und ich kann nichts dagegen tun. Sie hält ihre Stimme geschäftsmässig. Ich denke daran, nach Hause zu gehen. Ich denke daran, mich umzubringen. Jeder irrationale Gedanke ist verdächtig. Ich kann ihnen nicht trauen. Eine Reihe von Déja-vus rast an meinem geistigen Auge vorbei, Empfindungen, erotische Visionen, Landschaften, uralte Kunstwerke. Dann wirkliche Dinge, die in der Zukunft angesiedelt sind. Es gibt keine verlässliche Methode, einen eingepflanzten Befehl nachzuweisen. Aber es kann mich auch nichts zum Handeln zwingen, solange ich bei Bewusstsein bin, es sei denn ein passender Auslöser für eine schon vorhandene Veranlagung. Mit meinem Gesicht ist alles in Ordnung, keine Schramme, kein Hinweis darauf, was geschehen ist. Es ist dasselbe gewöhnliche Gesicht. Sie muss eine echte Befriedigung daraus beziehen. Ich lächle mich an, um festzustellen, ob ich mich unter Kontrolle halten kann. Ich kann es. Ich kämme mich. Ich will mich übergeben. Angst vor Frauen? Hast du Angst vor Frauen, Liebling? Mit rasenden Kopfschmerzen kann ich nicht denken. Aber das alles liegt hinter mir. Das ist eine Art Panzer. Es gibt nichts mehr, wovor ich mich noch fürchten muss. Es ist kalt. Ich möchte dir nicht weh tun. Entspanne

dich, entspanne dich … danke. Schmerz und Lust. Berührungspunkte. Es ist nur eine menschliche Regung, eine Rache für meine Erniedrigung. Es passt zusammen. Es tut mir leid für dich.
00000000000000000000000000000000000000000000000000000
00000000000000000000000000000000000000000000000000000
00000000000000000000000000000000000000000000000000000
Hängt vom Stand der Technik ab. Teures Zeug. Geheimer Kram. Sie könnte drankommen. Was ist, wenn ich nicht allein bin? Lüge ich etwa? Du verdankst deine Existenz mir. Wenn der Körper nur ein bisschen schlafen könnte. Los, machen wir uns auf den Weg. Kein Problem. In Ordnung? Ich begreife, dass Dinge vor sich gehen. Komme mir unbeholfen vor. Mein Gott, ich will unbedingt einen guten Eindruck machen, geistig gesund und vernünftig wirken … nicht wie jemand, der schizoid und möglicherweise gefährlich ist. Stimmt etwas nicht? Ich hoffe noch immer, dass sie die Wahrheit sagen. Aber ich glaube nicht mehr daran. Wildes Land. Vielleicht werde ich sterben, nachdem sie mich auseinandergenommen haben. Ich überlasse mich nicht meinen Instinkten, weil ich vermute, dass sie mir in dieser Situation nichts einbringen, und weil es sehr viel mehr einbringt, sich weiterhin zu ducken … Ein sicherer Ort. Es wird dir an nichts mangeln. Wir werden dir beibringen … mein Gott, in was bin ich da hineingeraten? Ich habe nicht viel auf der Welt. Mir gehört nichts, nicht einmal meine eigene Person und die Gedanken, die mir durchs Hirn gehen. Aber sie sind real und sie sind alles, was ich bin. Diese Leute reden über Freiheit. Und darüber, mir etwas beizubringen. Also betrachte ich die Landschaft, während mein Herz so heftig schlägt, dass es schmerzt. Rüttle das Kind wach, spiel mit seiner Seele, mach weiter, bis es daran kaputtgeht. Ich gehe sorgfältig vor … die Wohnung verlassen und ringsum den betriebsamen Lärm hören, den ich gestern auch gehört habe, den man jeden Tag hört.

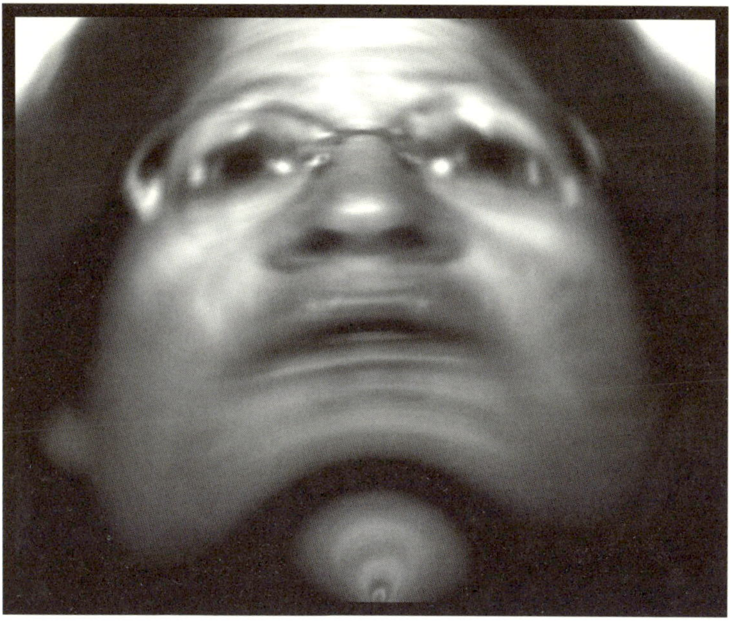

00000000000000000000000000000000000000000000000000
00000000000000000000000000000000000000000000000000
00000000000000000000000000000000000000000000000000
Es hat mich erschreckt. In diesem Moment ist es kein Spass mehr. Daran darfst du nicht einmal denken. Wir sollten damit nicht herumpfuschen. He, sowas kann doch gar nicht funktionieren. Es tut weh. Ich fühle mich schrecklich mies dabei. Mach das Licht an. Ich wage keine Frage zu stellen. Völlige Fehlanzeige. Irgendjemand lügt. Ich weiss gar nicht, was da los ist. Ich sehe ja, dass du dir Sorgen machst, aber lass dich deshalb nicht gehen. Wo ist sie, verdammt noch mal? Beruhige dich. Du hast es erfasst. Ich erzähle dir, was sie mit ihr tun werden. Sie werden versuchen, sie fertig zu machen, weiss Gott. Aber das ist nicht unbedingt das, worauf es ihnen ankommt. Was wird sie denken? Dass alles, was mit ihr passiert, dein Werk ist? Es ist wirklich mein Werk. Aber ich werde einen anderen Kurs einschlagen. Sie können die widerlichsten Dinge mit ihr anstellen. Du willst das für dich ausschlachten ... Ich sage nichts, habe keine Waffen mehr. Ich sitze da und beantworte Fragen, die meiste Zeit wahrheitsgemäss, oft genug auch nicht, weil das die einzige Verteidigung ist, die ich aufbieten kann. Ich bin mir immer noch nicht sicher, wer sie sind. Leg dich hin! Hinlegen. Der physischen Angriff ist schiefgegangen. Die nächste Ebene dieser Auseinandersetzungen ist ein Kampf ganz anderer Art. Meine Kräfte lassen nach. Ich spüre die Auflösung einsetzen. Ich sacke sehr tief ab. Eine starke Dosis. Das habe ich erwartet. Schliesslich wache ich auf. Sie lassen mir eine kleine Ruhepause. Danach fängt alles von vorn an und die Zeit verschwimmt. Möglicherweise wache ich mehrmals auf. Ich beantworte Fragen. Sie fragen, wie ich heisse. Sie fragen andere Dinge. Die meiste Zeit weiss ich nicht, wo ich bin und erinnere mich nicht deutlich daran, womit ich mir das verdient habe. Dann höre ich einen dumpfen Laut. Ich rieche, dass etwas brennt. Sie wacht auf. Ein Warnsignal piepst. Es ist

alles in Ordnung, du brauchst dir keine Sorgen zu machen, es sind nur Formalitäten. Anschliessend werden wir dich ein paar Tests unterziehen. Zufrieden? Und ich schäme mich schrecklich. Bist du in Ordnung? Mir gehts gut. Es war eine völlig idiotische Idee. Schlaf ein bisschen, hörst du? Ich werde dich schon wieder hinkriegen. Wo bin ich? Was ist wirklich mit mir passiert? Bin ich jemals von hier fortgewesen? Mein Schweigen. Nur ein Beruhigungsmittel. Ich taumle hier und dorthin, sehe die Blutspritzer an der weissen Wand und höre Menschen schreien. Was hast du jetzt noch anzubieten? Ich zittere und versuche, es nicht zu zeigen. Mein Schatz, du bist ein bisschen verwirrt. Du bist durch die Hölle gegangen. Ich werde durch die Hölle gehen müssen, bevor ich hier herauskomme. Du musst dich unbedingt ausruhen und behandeln lassen. Ich warne dich, treib es nicht zu weit mit mir! Eine Menge davon ist wirklich äusserst heikel. Vielleicht unterschätzt du sie. Sie streckt ihre Hand aus. Ich zucke zusammen, mein Puls flattert, und eine Röte überläuft meine Haut. Ich weiche nicht zurück. Das wage ich nicht. Ich schaffe es nicht, eine sarkastische Bemerkung anzubringen. Mein Geist rast zu schnell in ein Dutzend Richtungen, wie etwas Kleines, das von Panik erfasst wird. Ich sag dir was, mein Schatz: Du zeigst dich einfach weiter kooperativ, und wir werden unser kleines privates Geschäft betreiben. Nichts, was wirklich deinen Geist beugen kann. Was glaubst du, dass ich einen normalen, gesunden Geist nehmen und umgestalten kann? Ich mag dich. Du hast die nötigen Fähigkeiten. Das ist eine Lüge. Ja? Das macht nichts. Es ist nicht so, dass ich dir keine Wahl lasse. Du brauchst nichts weiter zu tun, als die Dinge ruhig zu lassen. Das ist nicht viel, verglichen mit dem, was du verlangst. Du verstehst mich. Komm schon, wach auf! Da. Nun komm. Öffne die Augen. Sie misstraut dem Anblick sofort und zerrt an den Fesseln. Es ist eine warme Berührung. Sie wirkt völlig real. Es ist gefährlich, daran zu glauben. Es ist gleichbedeutend mit Aufgeben. Nur der stechende Schmerz in

meinem Rücken durchdringt die Illusion.
0000000000000000000000000000000000000000000000000000000
0000000000000000000000000000000000000000000000000000000
0000000000000000000000000000000000000000000000000000000
Sie ist perfekt ... die Realität, sie hat so wenig Unstimmigkeiten. Fragen. Ich habe keine Vorstellung davon, wie sie zusammenpassen. Normalerweise gibt es ein Muster. Dieses hier hat etwas mit Glaubwürdigkeit zu tun. So läuft das Spielchen. Ich bin in schrecklicher Gefahr ... weil ich glaube, dass die Illusion Wirklichkeit ist. Oder weil ich den Unterschied nicht mehr wahrnehme. Blut, das an die Wände spritzt. Es gibt keinen Test, der es bestätigen würde. Ah, das ist schon besser. Ich bin auf der Verliererstrasse. Ich sitze da und weine, spüre die Tränen über mein Gesicht rinnen. Schon gut. Aber wenn ich dir sage, du sollst gehen, dann gehst du. Bemüh dich. Schau mich an. Es wird eine Weile dauern. Eine Lüge. Immer mehr Realität. Die reale Welt weist Fallen auf. Nein. Vorsicht. Vorsicht! Ich erzähls dir später. Ich hab das Gefühl, zu Hause zu sein. Geheimnisse und Schwierigkeiten. Und alles, was ich liebe. Ich atme einmal lang und bedächtig durch. Ich halte aus. Ich muss wach bleiben. Die ganze Zeit. Das ist ein Virusprogramm. Oh, was für ein Mist. Ich habe noch immer Schmerzen. Muskelverspannung. Verstauchungen. Sie haben dich reingelegt, was? Ich hoffe. Ich bin völlig benebelt. Verstanden? Ich treibe eine Weile dahin, weg von den angenehmen Empfindungen. Inzwischen fühle ich mich klarer. Irgendwie. Sie leidet unter grosser Langeweile ... sie hat ihre Jugend verloren und all das. Rechtschaffene Bürger bemerken es nie, wenn eine Gehirnwäsche abläuft.
0000000000000000000000000000000000000000000000000000000
0000000000000000000000000000000000000000000000000000000
0000000000000000000000000000000000000000000000000000000
Oder etwas zurechtgerückt wird. Es ist alles in Ordnung. Ich versichere es dir. Als ich das Projekt auf den Weg brachte, war ich besonders sorgfältig. Einige dieser Geheimnisse werden in

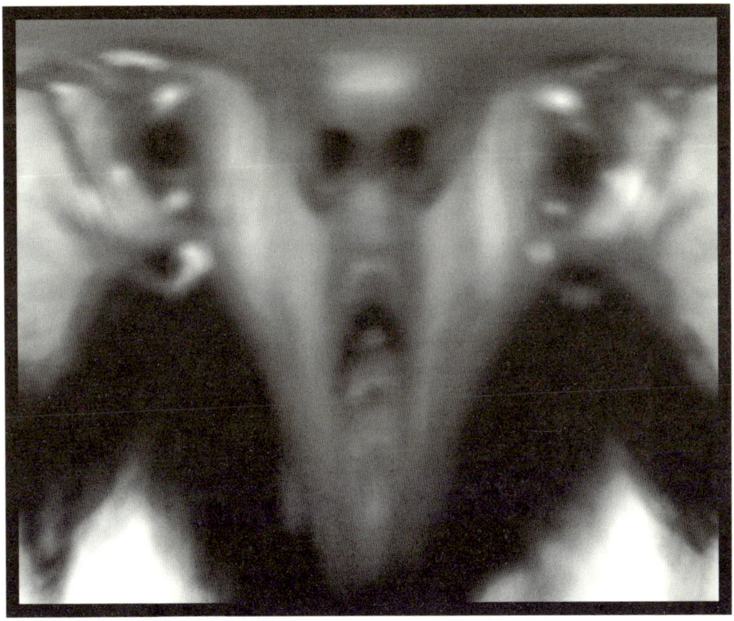

meinem Buch an den Tag kommen. Ich habe es so beabsichtigt. Eine schmutzige Lösung? Ich will das Ding sauber haben. Das ist das einzig Gute an diesem Tag. Es wird nichts dabei herauskommen. Sie können sie einer Gehirnwäsche unterziehen. Sie können alles tun. Es ist ein Funktionsfehler. Das ist keine grosse Sache. Sie legt ihren Kopf an meine Schulter, spürt meine Arme um sich. Das ist viel wert, wenn eine solche Leere aufkommt. Ich kann dir nur dringend raten, entgegenkommend zu sein. Die Zeit verlangsamt sich. Die Gedanken rasen davon. Ich habe alles selbst gemacht. Aber man weiss bei ihr nie. Sie spielt mit Reaktionen, wie andere Leute eine Tastatur bedienen. O Gott, in was bin ich da hineingeraten? Sie stellen mir Fragen, sanft und professionell. Die ersten bekomme ich noch mit. Aber das lässt nach. Du kannst jetzt schlafen. Du wirst ausgeruht aufwachen. Irgendetwas stimmt immer noch nicht. Ich versuche es zu fassen. Aber es gleitet zur Seite, verschwindet aus meinem Blickfeld. Für diese Situation gibt es keinen Präzedenzfall. Du weisst verdammt gut, dass ichs nicht gewesen bin. Wir dürfen dir nichts tun, das weisst du doch wohl. Es gibt keine Gesprächsaufzeichnung. Sie hat nichts Schriftliches hinterlassen. Sie hat alle Trümpfe in der Hand. Stimmts? Alle. Wir reden über ein verschrecktes Kind. Eine Fantasterei. Du hast recht. Mach nur so weiter und tu es. Aber du weisst, wie es ist - manche Geschichten sind zu gross, um vertuscht zu werden. Ich sag dir, wie das gehen wird. Ich habs nicht getan. Ich behaupte nicht, dass ich eine Träne vergiesse. Aber ich habs nicht getan. Das ist richtig. Das ist alles nur allzu richtig. Es wird dir nichts passieren. Das weisst du. Ich weiss nicht, was passiert ist. Sie lacht nur. Jetzt haben wir eine andere Wahrheit. Du kannst nicht beweisen, was du erlebt haben willst. Oder was du getan hast. Du kannst überhaupt nichts beweisen. Also sind wir wieder da, wo wir angefangen haben. Du hältst dich an die Geschichte, und ich halte meinen Teil der Abmachung ein. Du kannst um alles

bitten, was du willst. Solang es sich im vernünftigen Rahmen bewegt. Soviel kannst du bekommen. Das ist alles. Wenn du deine Meinung änderst, können wir das auch. So läuft das Geschäft. So einfach ist das. Ich bin mir sicher, du kannst sehr überzeugend sein. Ich bin mir sicher, du kannst auf radikale Verbindungen hindeuten. Sie drückt einen Knopf. Stimmen sprechen. Körper umschlingen sich, kopulieren. Ich sehe nicht hin. Aber ich reagiere. Ich höre. Daran gibt es keinen Zweifel. Aber das hilft auch nichts. Ich beruhige mich und beantworte Fragen, ohne zu versuchen, ihren logischen Zusammenhang zu ergründen. Es wird zu einer Auseinandersetzung kommen. Vielleicht macht es mich weniger menschlich. Oder mehr. Ich weiss es nicht. Wirst du ihnen das erlauben? Ich werde ihnen überhaupt nichts erlauben. Wer immer sie sind. Ich schlafe, vielleicht. Ich weiss, dass sie irgendetwas mit meinem Geist angestellt haben. Keine Sicherheit. Keine Sicherheit …
0000000000000000000000000000000000000000000000000000
0000000000000000000000000000000000000000000000000000
0000000000000000000000000000000000000000000000000000
Dann setze ich mich hin, um zu warten. Ich habe darüber Blut und Wasser geschwitzt. Es ist eine ziemlich gute Show. Ernste Musik erklingt. Wenn es eine nicht-kommunikative, vegetative Kunst gibt … es wird ungeheuer schwierig sein. Das steht fest. Zu müde, um viel Gefühl zu zeigen. Sie lacht mich nur aus. Manche Menschen lieben die Illegalität um ihrer selbst willen. Eine Meereswelle umspült meine Füsse. Der Staat ist eine Maschine. Es ist nicht unser Fehler! Natürlich ist sie verbittert. Auf gewisse Züge beim Schach sind nur gewisse Gegenzüge möglich. Wie sehe ich selbst aus? Zeige ich Anzeichen von Trauer? Komm, iss etwas! Du hast niemals einen Baum angesehen oder berührt, kennst nicht den Unterschied zwischen einer Eiche und einer Pappel, ja nicht einmal den zwischen einer Primel und einer Rose. Für sie sind das alles nur schematisch erfasste Begriffe. Genauso geht es

ihr mit den Gesichtern von Leuten, obwohl sie ihre Tricks hat, sie zu unterscheiden. Aufrichtigkeit von höchster Bedeutung. Körperlich fehlt ihr nichts. Ich will, also bin ich. Sie hat bisher niemals in der ersten Person gesprochen. Ich nehme schnell Gewohnheiten an. Zwanghafte Tendenz. Aber gibt es dafür einen realistischen Ansatzpunkt? Was für eine Maschine ist das? Ich kenne überhaupt keine Geheimnisse. Trotzdem finde ich mich in einer falschen Rolle. Bin sehr müde, muss ins Bett. Alles, was ich aufschreibe, ist so geschehen oder so gesagt worden. Ist das spontan?
000000000000000000000000000000000000000000000000
000000000000000000000000000000000000000000000000
000000000000000000000000000000000000000000000000
Alles so grau und stumpf. Sie hat ein hübsches Gesicht, der Typ von Frau - empfindsam, aber geduldig. Es tut noch einmal weh. Wahrscheinlich ist sie gar nicht dumm. Wahrscheinlich ist sie nur ganz in ihre Arbeit vertieft. Das kann gefährlich sein, weisst du, ganz in der Arbeit aufzugehen. Was sie braucht, was sie letztendlich braucht, sind Kontakte zu Menschen. Warum sollte sie überhaupt essen? Wer braucht sie, wer will, dass sie am Leben bleibt? Was wir Psychose nennen, ist manchmal nackter Realismus. Ich könnte das schon. Nein, das ist nicht wahr. Sie sagt es unter Schwierigkeiten. Ich glaube, es soll eine Art Hinweis für mich sein. Warum gibt es kein Recht auf Persönlichkeit? Sie hat ein Recht auf Geheimnisse. Ich habe gelogen. Sie hat gelogen. Ich habe absichtlich gelogen, bewusst und gekonnt. Sie ist eine Lügnerin, sie ist eine einzige Lüge. Das ist das Schlimmste von allem. Der Gedanke an Gefangenschaft hat sie in letzter Zeit beherrscht: Fantasien, Tagträume von Gefängnissen, Arbeitslagern. Sie träumt von Gefangenschaft wie ein Gefangener von Freiheit. Keine Chance! Das ist alles nur Theater, nur Lüge über Lüge ... Macht die da kaputt!
000000000000000000000000000000000000000000000000

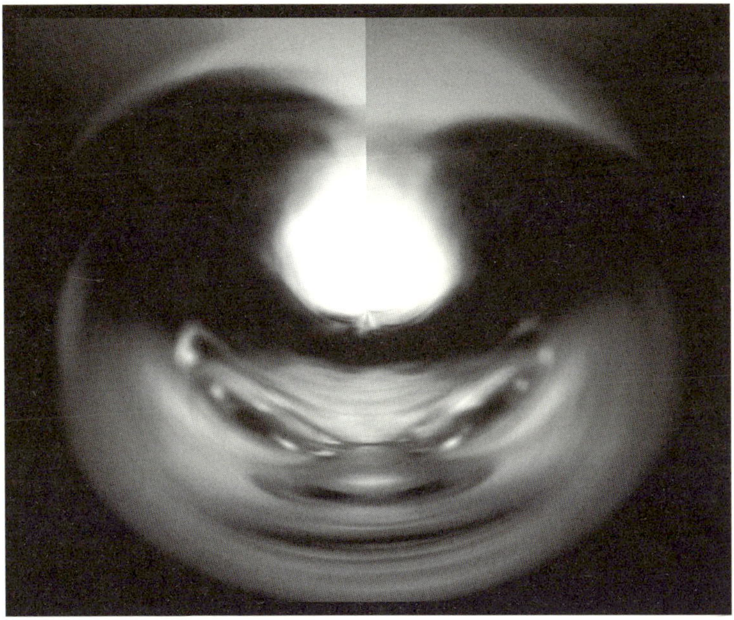

0000000000000000000000000000000000000000000000000000
0000000000000000000000000000000000000000000000000000
Wenn nicht, bin ich ganz schön aufgeschmissen. Das ist komisch. Als sehe ich ein Theaterstück. Es ist alles so friedlich. Eine Wunde, Blut. Blut macht mich schwach, ich verabscheue es. Wieder schüttelt sie den Kopf. Lächelt sie? Verachtung liegt in ihrer Stimme. Es ist ein ruhiger Tag. Von ihrem Verstand und ihrem Wesen wissen wir so gut wie nichts. Wir müssen nicht mehr wissen. Sie will es nicht einmal. Die Symptome des Schocks sind beinahe abgeklungen, ihr Gesicht ist nicht mehr so blass, ihr Puls schlägt regelmässiger. Da bist du also. Wieder zu Hause, was? Niemand mag diese Sachen, seltsame, verwischte Formen, wie im Werden begriffene Welten, aber niemand sagt ihr, dass sie ihre Zeit verschwendet. Sie ist krank und sie ist eine Künstlerin - okay.
0000000000000000000000000000000000000000000000000000
0000000000000000000000000000000000000000000000000000
0000000000000000000000000000000000000000000000000000
Oder gibst du auf? Geht es darum? Gibst du auf? Aber sie schreit es nicht hinaus. Kein Wort. Genetische Moral. Schlechte Gene. Merze die Kränklichen aus. Durch die Benommenheit treiben undeutliche, träge Worte. Wir können uns nicht an diese Welt anpassen. Diesmal nichts Unbestimmtes und im Werden Begriffenes. Realistisch, viel zu realistisch. Abscheulich erkennbar. Was für eine Vergeudung, was für eine Vergeudung! Es ist nicht schlecht. Aber ich werde bessere Sachen machen, sobald ich gelernt habe, mich dem Muster anzupassen. Es ist sehr schön. Nur bekomme ich dabei Heimweh. Alle ihre Bewegungen sind zielstrebig, aber nicht kommunikativ. Sie ist offenbar ein einsames, ganz in sich vertieftes Geschöpf. Das Gefühl, immer beobachtet und nie verstanden zu werden, versetzt mich in einen Zustand, für den ich keine Beschreibung habe. Ich versuche zu sagen: Was willst du von mir? Sag mir nur, was du willst. Aber ich bin zu

schwach, um deutlich zu sprechen. Der leuchtende Sonnenschein, die duftende Luft, die blitzenden Farben - alles ist herrlich. Ich hasse es. Nimms nicht schwer. Warum sollte sie widerstehen? Leicht, angenehm, ein bisschen deprimierend, aber das macht nichts. Dumm, dumm. Sie sind wie Schauspieler. Ja. Ich meine nicht, dass sie bewusst schauspielern, etwas vortäuschen. Das ist reine Theorie. Aber hör mir zu. Die Menschen können ihre Muttersprache nicht verstehen. Du musst Worte ernstnehmen. Ich hätte nicht Paranoia sagen dürfen. Es stimmt. Die Frau ist krank. Eine manische Veränderung, ausserdem paranoid. Ich muss ihr Vertrauen erwidern. Sie sprechen so, wie wir es unbewusst von ihnen erwarten. Vielleicht fühlt sie, was wir von ihr erwarten oder wünschen und spielt es, stellt es dar. Anpassung. Damit wir sie mögen und ihr deshalb nichts tun. Diese Vorstellung stört mich aus irgendeinem Grund. Ich möchte wissen, wie sie es angestellt hat. Sie tanzt. Sie tanzt. Ist das der Fall? Also gut. Diese Sprache ist nicht authentisch. Sie ist eine Fälschung, eine Konstruktion - erfunden. Stimmts? Erfunden. So spontan oder so absichtlich, wie jede Sprache. Stagnierend, das ja. Vielleicht, weil es keine Herausforderung durch die Umwelt gibt. Es gibt keinen Anreiz. Sie beginnt, mit Worten und Ideen zu spielen. Diese Situation ist nicht ungewöhnlich. Träume? Oh nein. Das ist real ... viel realer, als mir lieb ist. Mein Kopf schmerzt. Ich will es nicht. Ich wehre mich. Diese Frau ist ein vollkommen unbeschriebenes Blatt. Aber es ist eine neue Beziehung, eine wichtige Beziehung. Es ist genau das, was ich mag, spontane Treffen ohne vorherige Lagebesprechung. Eine Falle? Ein Angebot? Es wird immer verworrener. Ein Prozess bringt die Motive ans Licht. Das lässt sich nicht vermeiden. Für mich spielen noch andere Gesichtspunkte eine Rolle. Sie wird Informationen zurückhalten. Dann ist jeder für jeden politisches Freiwild. Wir haben nichts zu verbergen. Wir reden nicht über Tarnung. Für den Fall, dass sie ihr Schweigen bricht. Ich

muss darüber nachdenken. Es widerspricht der Moral. Verdammt, ich sollte das besser überhaupt nicht zur Sprache bringen. Kein einfaches Versuchsobjekt. Eine Affekthandlung, die eine andere Ursache hat. Verschwörungen - nein. Es gibt keine. Es ist eine sehr alte Geschichte, fürchte ich. Keine Vertuschung. Was für ein Mist. Wir möchten unseren Verpflichtungen nachkommen. Wir werden uns um die Tests kümmern. Und sie kann weiter für euch arbeiten. Sie sagt, sie wird sich die Idee durch den Kopf gehen lassen. Ist doch sinnvoll, oder? Lieber Himmel. Sie ist immer noch jung. Sie ist ein Genie. Die Logik ihrer Notizen weist Sprünge auf - für sie selbstverständliche Dinge, die sie überbrücken kann und nicht niederzuschreiben braucht. Wir können keinen Erfolg garantieren. Kein Programm dieser Art kann das. Sie hat einen grossen Teil verschlüsselt. Ihre Sprünge von Punkt zu Punkt, die Verbindungen ... all das macht ihre Notizen zu einem echten Labyrinth. Schliesslich können sie bedeutungslos werden. Die Matrix geht verloren, der soziale Bezugsrahmen ist anders. Ich glaube, wir könnens tun. Ich weiss, wir könnens tun. Wir wissen es nicht. Wir werden es herausfinden. Ich muss diesmal einfach verdammt vorsichtig sein. Ich kann die Lücken in den Informationen ausfüllen und Korrekturen vornehmen, wenn es notwendig scheint. Kein Problem. Solange es geheim bleibt. Nicht die Identität, sagt sie. Die Fähigkeiten. Diese Annäherung reicht. Ein Vergleich wird uns die Antworten geben. Das ist kein Luxus. Was ist da drin? Nichts. Nichts. Eine seltsame Frage. Sie ergibt keinen Sinn. Es ist, als geriete die Welt in Schräglage. Du weisst, dass sie nichts tun können, von Rechts wegen. Was hast du vor? Was hat sie vor? Willst du ein Beruhigungsmittel? Ich will überhaupt nichts. Ich will hier raus! Sie schläft immer noch. Ich habe Kopfweh und einen üblen Geschmack im Mund. Harte Nacht, was? Warum versteckt sie sich? Bleib in diesem Zustand, dann kann nichts schiefgehn.
000000000000000000000000000000000000000000000000

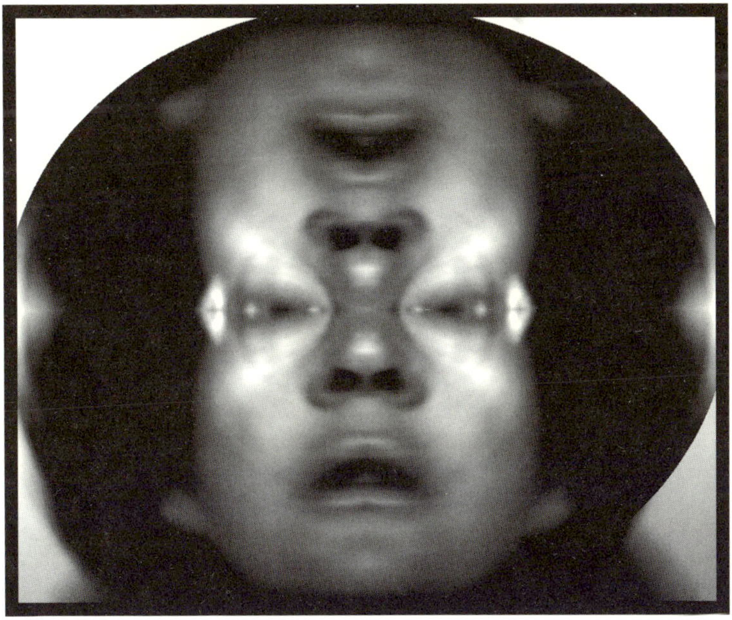

0000000000000000000000000000000000000000000000000000000
0000000000000000000000000000000000000000000000000000000
Diese Halluzination hat die eindringliche Klarheit einer Vorahnung, sie ist jedoch detaillierter als meine üblichen Vorahnungen, so dass ich Angst bekomme. Mit Flitterkram bekleidete Menschen strömen durch die Türen niedriger Gebäude mit Glasfronten ein und aus, Nutten in schillernden Hotpants, Lederknaben, Flittchen mit geschlitzten Röcken, alle Gesichter blass in der brütenden Hitze. Ich versuche nur, wirklichkeitsnah zu sein, verstehst du? Grosse Wahl hab ich da keine. Und überlege dir eins: Bist du auf dich gestellt sicherer? Nein. Buchstaben einer fremden Sprache, ein Geschmiere von roten und gelben Worten, die sich in Luft auflösen. Ihre Stimmen ein Gebrabbel, ihr Gelächter ein abscheulicher Krach. Ich sage nur, was der Fall ist. Es gibt professionelle Lügen, und gegen die ist ja nichts einzuwenden. Die haben ihre guten Gründe. Ja, es ist mir peinlich. Es macht mich nervös, ist das nicht komisch? Vielleicht ist es nur eine Frage der Semantik. Du hörst doch auf niemanden. Du machst ganz andere Sachen. Aber ich mag das nicht mehr. Ich hab keine Lust mehr auf kleine Spielchen. Ich möchte, dass du die Art von Unterstützung bekommst, die du brauchst. Es ist genauso wie damals im Keller. Ich brauche meine Freunde jetzt, und in erster Linie brauche ich dich. Es ist echte Gefahr im Verzug - und wenn ich das Ziel bin, könnte es dich auch treffen. Wessen Leben lebst du? Deines oder meines? Sie ist in jeder Hinsicht eine Sonderperson, aber das sagen sie nicht, denn sie haben höllische Angst vor ihr und ihrem Einfluss. Es ist etwas sehr Intimes für sie, und ich möchte es nicht weitererzählen. Jedenfalls ist es hart. Ja, etwa so. Etwa so. Mit einigen Unterschieden.
0000000000000000000000000000000000000000000000000000000
0000000000000000000000000000000000000000000000000000000
0000000000000000000000000000000000000000000000000000000

Das ist die Wahrheit. Ich spüre es. Ich kann nicht einfach abdriften und mich darauf verlassen, dass sich schon jemand um mich kümmert. Stattdessen habe ich gelernt, mich in mein Inneres zu versenken und in Echtzeit zu arbeiten, und dennoch alles aus der Distanz zu betrachten. Das ist die eigentliche Lektion. Du kommst ja nie aus dem Dunkel heraus, hast nie etwas besessen, bist nie etwas gewesen. Mach das! Tu, was du willst, ganz gleich, was. Wir sind doch Forscher, nicht? Natürlich ist alles in Ordnung. Ich bin mir sicher, dass an mir keiner rumgepfuscht hat. Aber jetzt kommt das, worauf niemand achtet. Es steht da etwas von Pflanzen und höheren Pflanzen, die die ganze Sonne bekommen. Es ist ganz gut, die Dinge aus einer anderen Perspektive zu betrachten. Ich weiss nicht, wieviel von dem, was passiert, geplant ist, aber vieles davon entspringt Berechnung. Ihre Eingriffe ins Makro-System sind es, die mich erschrecken ... es wird einfach nicht funktionieren. Es gibt keine Garantie dafür, es gibt nie für etwas eine Garantie. Genau das werde ich zu hören bekommen. Bitte. Es verursacht einen leichten Schmerz in meiner Brust. Werden wir überwacht? Nein, ich kann nicht aufhören, auf diese Dinge zu achten. Es geht da ziemlich rauh zu. Es ist alles sehr primitiv. Gott weiss, was sonst noch. Gesunde Pflanzen sind ein sehr gutes Zeichen. Entspann dich. Gelegentlich überwachen sie uns. Aber das macht nichts. Eine Dummheit. Reicht dir das? Sie kommt oft auf gute Ideen. Das muss mehr aus dem Unterleib kommen, als du zugeben willst. Ein Punkt für mich. Ich denke darüber nach. Wir beide denken darüber nach. Der Zorn hält an. Deine Vorgangsweise ist da nicht sehr hilfreich. Glaub bloss nicht, dass ich eine Idiotin bin. Ich brauche dich aus sehr speziellen, rein beruflichen Gründen. Sie arbeitet auf einem Gebiet, das ich brauche, oder zumindest in Zukunft brauchen werde. Nun, sie wird Anerkennung finden. Du erkennst meine Leistung einfach nicht an. Denk daran, was ich über das trübe Wasser gesagt habe. Ich mag das nicht. Überhaupt nicht. Mach es ihr

begreiflich. Red wenigstens mit ihr. Ich möchte auf keinen Fall Krach mit ihr haben. Ich brauche sie. Ich brauche sie für Dinge, die ich noch nicht voraussehen kann. Deshalb möchte ich das tun. Besteht wirklich Identität?
00000000000000000000000000000000000000000000000000
00000000000000000000000000000000000000000000000000
00000000000000000000000000000000000000000000000000
Ein sanftes Lächeln. Sagen wir, sie kommen sich ziemlich nahe. Was für ein Gefühl das ist ... man hat das Gefühl ... man denkt, das könnte man nie tun. Aber letztlich tut man es doch. Man erinnert sich an bestimmte Dinge. Denn sie sind Teil einer ganzen Ereigniskette, die zu dem Punkt führt, von dem aus man weitermacht. Man hats im Blut, und man hat dieses unbeschreibliche Gefühl, mit dieser Person identisch zu sein. Steh gerade, nicht so krumm. Man merkt ihr eine gewisse Beunruhigung an - und fühlt sich persönlich bedroht. Es findet eine Art Verschmelzung statt. Besteht wirklich Identität?
00000000000000000000000000000000000000000000000000
00000000000000000000000000000000000000000000000000
00000000000000000000000000000000000000000000000000
Was ist das für ein Gefühl? Werde ich mich ... erinnern können? Ich habe die Illusion von Erinnerungen. Schäm dich. Das war übel. Was, zum Teufel, ist mit mir los? Ich bin ausser mir vor Wut ... wütend, weil ich hier in der Falle sitze. Wie kann ich Spass daran haben, so etwas zu tun? Was ist in mich gefahren? Pause. Besteht wirklich Identität? Die Leute verstehen das bestimmt. Ich bin eine Zielscheibe, und das weiss ich. Mich wird niemand bedrohen. Ich werde allen zuvorkommen. So bin ich. Ich möchte, dass du das weisst. Worüber bin ich wütend? Der Adrenalinspiegel ist hoch, daran wirds liegen. Gott, was geht in mir vor? Ich schmecke Blut, bemerke, dass ich mich in die Lippen gebissen habe, und mein Blick wird unklar. Lass die Finger davon. Verdammt, schlag dir das aus dem Kopf. Sex und Tod. Weisst du, ob ein

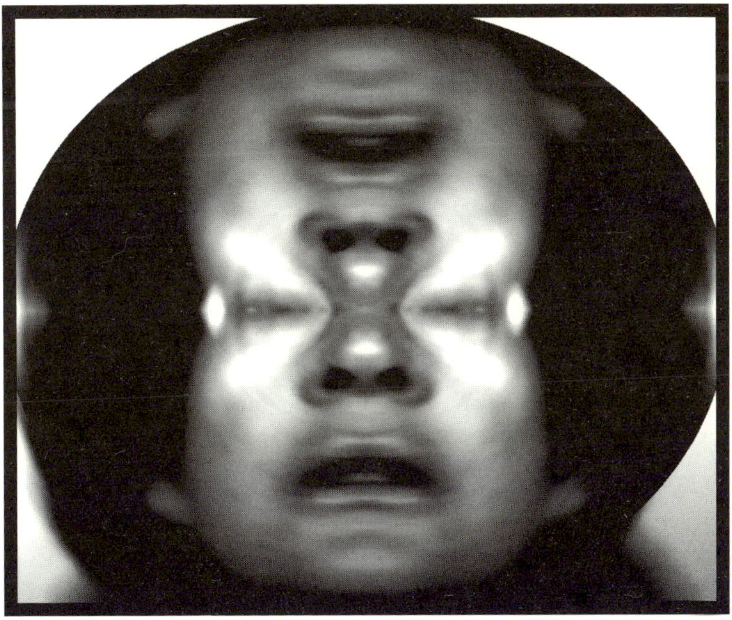

Fisch Farben sehen kann? Mein Atem beruhigt sich. Die Zeit rast nicht mehr so schnell dahin. Schliesslich kann ich seufzen, den Aufruhr der Gefühle in meinem Innern lindern und das Nachdenken verschieben. Ich will nur ins Bett, mehr nicht. Das ist das grosse Problem - dass es keine Spiele mehr gibt, keinen Austausch mehr mit Freunden. Als treibe ich durch eine schwarze Leere. Willkommen in der Wirklichkeit. Die Leute streiten sich nicht gern mit dir: Wer will schon immer der Verlierer sein? Dann würden mich alle lieben, nicht? Verdammt, jemand soll mir einen Streich spielen, mich zum Lachen bringen, jemand soll mir um Gottes willen antworten. Wer kann mir einen Rat geben? Es ist nur Gerede, du Idiotin. Sie atmet tief durch. Es geht mir gut. Eine aufschlussreiche Antwort, eine wirklich aufschlussreiche Antwort. Die schmutzigsten Dinge werde ich tun, ich tue alles, egal was … Geh weg von hier, du musst jetzt sofort weggehen, du wirst das jetzt alles vergessen. Ich … ich muss gehen. Es tut mir leid, ich muss wirklich gehen.
000000000000000000000000000000000000000000000000000000
000000000000000000000000000000000000000000000000000000
000000000000000000000000000000000000000000000000000000
Und jetzt kann ich mich an alles erinnern, meine Erinnerung läuft auf Hochtouren. Ich springe vom Stuhl auf, krank und mit einem tiefen Gefühl der Verlorenheit. Es war wirklich so! Die Art, wie meine Gedanken sich verzerren. Diese ruhige, mitfühlende Seele, darin erkenne ich meine Person absolut nicht. Wo liegt das Problem? Mir liegt sehr viel an ihr. Obwohl … die Story ärgert mich immer noch. Diesmal gelingt es mir wenigstens, sie bis zu Ende zu lesen, und ich bin angewidert, dass das Ende der Geschichte keine Auflösung bringt. Dunkelheit. Ich werde vorsichtig sein. Während des Tages bietet die Strasse ein Bild extremer Lähmung. Ich beginne mich zu langweilen. Es ist eigentlich mehr als Langeweile. Meine ganze Grundeinstellung zum Bösen und Unheilvollen gerät ins Wanken. Ich habe eine Idee! Eine Reise

ins Paradies, eine Fahrt mit dem Sexmobil, ein Ausflug ins Disneyland der Drüsen. Aber ich weiche nicht von meinem Kurs ab. Nein, nein! Weiche nicht vom Plan ab! Ohne dafür zu bezahlen, ohne es zu bereuen. Sie ist nicht attraktiv, aber sie ist unverfälscht. Es ist eine Schönheit in ihr, und die Narben unterstreichen das. Ich möchte sie aber nicht benutzen. So habe ich es nicht gemeint. Meine Gedanken beginnen einen lebhaften Tanz. Der Speichel in meiner Kehle schmeckt bitter. Schlaf jetzt ein bisschen. Ich hätte sie wirklich gern gefickt. Ich stehe jetzt auf der Seite des Bösen. Dieser Gedanke kommt mir nicht zum ersten Mal. Dann sehe ich die Sache aus einem anderen Blickwinkel.
000000000000000000000000000000000000000000000000
000000000000000000000000000000000000000000000000
000000000000000000000000000000000000000000000000
Sehe mich eine leichenübersäte Landstrasse entlangschleichen, auf der Jagd nach einem Opfer. Ich kann nicht begreifen, wie ich auf diesen Weg geraten bin, ich habe eine Ahnung von den Ereignissen, die dazu geführt haben, aber das allein erklärt noch gar nichts. Ich habe den Eindruck, dass man mich hereingelegt hat oder dass ich mich selbst hereingelegt habe oder … Ich werde sehr vorsichtig vorgehen müssen. Was mich am meisten beunruhigt, ist ihre Verrücktheit … Verrücktheit ist eine variable Grösse, auf die ich mich nicht vorbereiten kann, ich kann nur hoffen, sie wird sich als Schwäche erweisen. Verdammt, ich will sie ficken! Oder nicht mal ficken, ihr einfach nah sein, jemandem nah sein. In meiner Vorstellung sind wir Bruder und Schwester, Verbündete im Kampf gegen die Monster. Die Wiedergutmachung kann warten, denke ich. Niemand spricht. Die Nacht ist sternenlos, mondlos, der Wind zerzaust das Gras entlang der Strasse. Bleib in meiner Nähe. Überall lodern Feuer. Ich sehe viele Dinge, die sich meinem Gehirn einprägen, viele Dinge, die eine Erklärung verlangen. Aber ich bitte nicht um Erklärungen, obwohl mich der Anblick im Herzen krank

macht. Sie mag es nicht, wenn ich über die alten Zeiten spreche. Der Kampf ... Wir haben keine Chance. Wir haben auch keine Wahl. Wenn du es erzählst, hört es sich direkt schön an. Ich fühle mich gedemütigt. Nein? Vielleicht ein andermal, wenn du in besserer Verfassung bist. Im Moment fühle ich mich zu losgelöst, um mir darüber Gedanken zu machen. Lass uns von hier verschwinden. Überall tun sich Bilder vor mir auf, die von innen heraus strahlen, wie ich es bei den Bildern alter Meister erlebe. Eine Veränderung der Geräusche um mich herum, eine Welle von lauterem und lebhafterem Krach, die auf mich zurollt ... das Messer fällt aus meiner Hand ...
000000000000000000000000000000000000000000000000
000000000000000000000000000000000000000000000000
000000000000000000000000000000000000000000000000
Schluss mit dem ganzen Scheiss, denke ich. Die Dinge haben mich dazu gebracht, die schrecklichen Dinge. Keine Ablenkungsmanöver, keine Tricks. Listenreiches Vorgehen ist nicht meine Stärke, ich neige mehr zum Draufgängertum. Ich muss mich der Wirksamkeit brutaler Gewalt versichern. Niemand lauert dort auf dich. Alles ist sehr sauber. Sei nicht beunruhigt. Das sind keine Tricks. Ob ich sterben möchte? Nicht direkt. Es ist nur so, dass ich keinen Wert mehr darauf lege, die zu sein, die ich bin. Ich frage mich, ob ich die Sache jetzt noch durchziehen kann. Buße? Gerechtigkeit. Natürlich wird Gerechtigkeit immer mit Strafe verwechselt. Erstaunlich! Warum tust du es nicht? Ich kann dir sagen, warum. Weil du Mitleid mit mir empfindest ... oder vielleicht nicht Mitleid, aber irgendetwas empfindest du für mich. Oh, habe ich deine Seele berührt? Wir leben im finstersten Mittelalter. Also gut, ich werde dir helfen. Brauchst du noch mehr Motivation? Los jetzt, du Arschloch! Wundervoll! Der Wolfshund knurrt, seine Augen röten sich. Meine Seele ficken? Welch treffender Ausdruck! Genau das wirst du tun, du wirst dich von oben bis unten bespritzen, während du meine Seele zu Tode fickst.

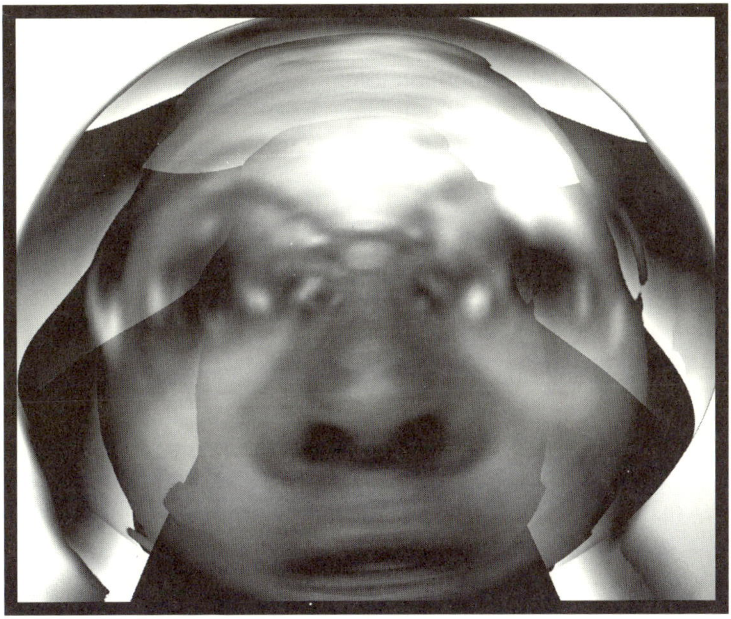

Oder ist das nur ein Vorspiel, die freudige Erwartung? Beruhige dich, sage ich zu mir. Du kannst nichts dafür. Ich weiss nicht, was ich gewollt habe. Schmerzlos, so habe ich es gewollt. Genau, stimmt. Aber klar. Schmerzlos, wirklich. Wie das Nasenbluten, das du jetzt hast. Aufhören! Nein, was? Musst du keinen Bericht abliefern? Schnell jetzt, schnell. Welchen moralischen Befehlen gehorche ich? Was erreiche ich damit?
000000000000000000000000000000000000000000000000000000
000000000000000000000000000000000000000000000000000000
000000000000000000000000000000000000000000000000000000
Schwärze überall, wohin ich mich auch wende. Schwarzes Meer, schwarzes Gras, schwarze Luft. Langsam bekomme ich einen Blick für die Schönheit des Dschungels. Warum nimmst du das? Die Dinge bekommen dadurch schärfere Konturen. Und es hält Ungeziefer fern. Du hast die gleiche Einstellung zu den Dingen. Ohne Gefühle. Als ob Gefühle ein Hindernis für deinen perfekten Plan darstellten. Ein Chor dümmlich klingenden Gelächters. Du hast nix zu fragen, du tust, was ich sage. Hoffentlich beruhigt dich das. Was tut sie? Spürt sie mich auf? Wenn es so ist, kennt sie meine Aufgabe? Meine Konzentration ist nicht so, wie sie sein sollte. Meine Sinne sind auf verwirrende Weise geschärft, aber ich verwende einen grossen Teil meiner Zeit darauf, Gerüche und Geräusche zu identifizieren. Selbstvertrauen durchströmt mich wie Hochspannung, erschliesst neue Quellen der Kraft, und ich lächle, wenn ich an den bevorstehenden Kampf denke: sogar das Lächeln ist Ausdruck zorniger Kraft, gespannter Muskeln und vibrierender Nerven. Der Kampf an sich, nicht sein Ausgang, ist das Entscheidende. Das ist der Weg, der mir vorbestimmt ist, der Weg des Muts und der Charakterfestigkeit. Du bist zu verrückt, um weiterzuleben, Kleine. Das ist keine Prüfung … Ich wollte, es gäbe einen anderen Weg. Ist mir im Traum erschienen. So, Zeit zum Weinen. Schreie in der Ferne. Ich glaube, ich bin wach. Ich

wehre mich dagegen, aber dann erkenne ich, dass nichts Verlockendes daran ist, bei Bewusstsein zu bleiben, und lasse mich trudelnd versinken. Das war keine gute Arbeit ... gar keine gute Arbeit. Die Bombe ist ein mächtiges Symbol, viel mächtiger, als es nach ihren unmittelbaren Auswirkungen den Anschein hat. Wie war es? Wir haben von den Selbstmorden, von der Apathie gehört. Das zu sehen ... ich kann es nicht erklären. Die Dinge haben sich geändert. Es ist kompliziert. Warum hast du mich gerettet? Ein Dutzend Absichten prallen in meinem Kopf aufeinander. Hey, hierher. Du solltest mir gegenüber nicht misstrauisch sein. Sieh mal, mir geht es ganz schön beschissen. Ich weiss, wie das ist. Glaub mir, ich weiss, was sie einem antun können.
00000000000000000000000000000000000000000000000000000
00000000000000000000000000000000000000000000000000000
00000000000000000000000000000000000000000000000000000
Der Kampf. Yeah. Warum bist du desertiert? Da gibt es nichts zu lachen. Es ist nur so ungeheuer ergreifend, wie die Menschen immer wieder mit dem Kopf gegen Steinmauern anrennen. So, wie sie es sagt, klingt es wie etwas Unanständiges. Ich kann das nicht ertragen. Das ist nicht mein Krieg. Dein In-dich-selbst-Versunkensein. Deine Gabe, von allem wegzusehen, was dein Auge beleidigen könnte. Aber du musst dich entscheiden, auf welcher Seite du stehst. Was hat dich denn abgehalten? Tut nichts zur Sache. Ich glaube, jetzt geht alles in Ordnung. Alles. Zum überwiegenden Teil arbeite ich im Geheimen. Ich versuche nicht, irgendetwas zu beweisen. Ich habe einfach das Gefühl, dass eine kurze enge Verbindung zwischen uns beiden dir zum Vorteil gereichen wird. Warum nicht, verdammte Scheisse? Erinnerungen an die Kindheit, die verlorene Jugend und den Dschungel flimmern vorüber wie Szenen eines alten Stummfilms auf einer schadhaften Kopie, mit verblassten Farben und übertrieben dargestellten Charakteren, und ich erkenne, wie hoffnungslos falsch meine eigene Handlungsweise gewesen ist. Das sollte

reichen. Ich bin bereit, diesen Teil der Wahnidee zu akzeptieren. Werden wir miteinander sprechen? Die Antwort bleibt in der Luft hängen. Also gut. Ich fange an. Was war das? Es wird noch ein Krieg geführt. Ein Krieg innerhalb des Krieges. Ein Machtkampf. Zwischen zwei Gruppen von Psycho-Experten, glaube ich.
000000000000000000000000000000000000000000000000
000000000000000000000000000000000000000000000000
000000000000000000000000000000000000000000000000
Das ist ihre Taktik. Das ist es, genau! Auf diese Weise fangen sie an, indem sie Zweifel säen. Es ist alles eine grosse Täuschung. Sie bauen dich auf, geben dir Macht, und beobachten, wie du damit umgehst. Und wenn sie den Eindruck haben, dass du so von der Macht abhängig bist, dass du kein anderes Bedürfnis mehr hast als noch mehr Macht, dann nehmen sie dich auf in ihre ... ihre gottverdammte Bruderschaft. Sie klären dich immer ein kleines bisschen mehr auf, sie lassen dich Schlussfolgerungen ziehen, um zu sehen, wie du reagierst, und mir haben sie verdammt zuviel erzählt. Sie erzählen dir etwas über besondere Operationen, lassen Andeutungen über gewisse Absichten fallen, die angeblich dahinter stecken. Dann präsentieren sie das gesamte Bild - keine Einzelheiten, denn sie trauen dir immer noch nicht. Keiner traut irgendjemandem. Das ist die einzige Wahrheit. Alles ist verdächtig ... jeder ist auf der Jagd nach Macht. Und niemand schert sich einen Dreck um irgend etwas anderes. Das Ganze ist ein schlechter Witz. Die wirklichen Vorgänge spielen sich innerhalb einer sehr kleinen Elite ab, so kompliziert und voller Intrigen, dass ich niemals ganz dahinterkommen werde ... Das ist ein harter Brocken, der schwer zu schlucken ist. Ist das der einzige Grund? Du hast Jagd auf mich gemacht. Sie sagt es trotzig, aber ich kann die Lüge heraushören. Ich bin nicht bei klarem Verstand. Willst du helfen oder nicht?

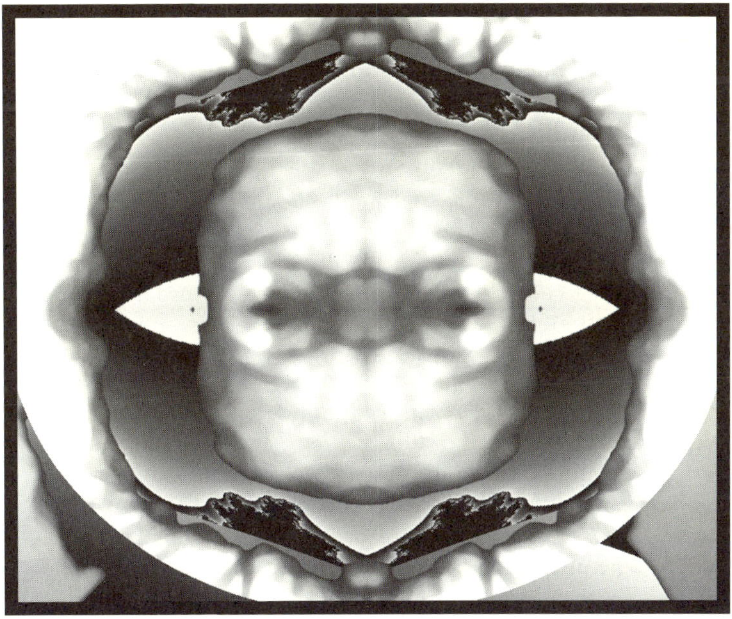

0000000000000000000000000000000000000000000000000000000
0000000000000000000000000000000000000000000000000000000
0000000000000000000000000000000000000000000000000000000
Sie ist einfach abgelaufen. Wie ein Aufziehspielzeug, das immer langsamer wird. Aber auch vorher war sie nicht ganz in Ordnung. Sie pflegt dazuliegen und die Wände anzustarren und Geräusche von sich zu geben. Dann bekommt sie heftige Anfälle ... zertrümmert Sachen und kreischt. Hin und wieder hat sie lichte Momente und ich kann sie zum Sprechen bringen. Vieles von dem, was sie sagt, klingt wie ein mechanischer Singsang, wie Teile von Geschichten, die sie auswendig gelernt hat. Was hat sie noch gesagt? Sie bezeichnet sich als ein kaputtes Spielzeug. Ich mach mir niemals Sorgen über Aussetzer oder Filmrisse oder so einen Scheiss ... Ich gehe einfach davon aus, dass alles bestens ist. Wie dem auch sei, sie bietet keinen schönen Anblick. Ich muss dich warnen. Sie ist stark ... sehr stark. Und ihr Denken ist chaotisch. Langsam wird mir klar, dass das, was ich als zufällige Strömung wahrnehme, in Wirklichkeit unendlich vielen Mustern folgt, die sich überlagern, kreuzen, kraftvoll hervorbrechen und wieder verschwinden. Ich könnte den ganzen Tag hierbleiben. Ich verspreche es dir. Und diese poetische Beziehung ist typisch für ihre Neigung, die Realität zu beschönigen. Nicht doch! Du darfst sie nicht unterbrechen. Dann hört sie ganz auf. Macht nichts, sie hat genug gesagt. Auflösungen. Bist du sicher? Sie sind in der Lage, Menschen zu beeinflussen, aber sie brauchen sehr lange dazu. Sie sind schwach. Aber sie wirken im Verborgenen. Ihre Macht ist nicht aufspürbar. Wir müssen noch über vieles sprechen. Wir haben dich und mich nicht behandelt. Scheisse! Es tut mir leid. Vielleicht habe ich dich in die Irre geführt. Du kannst doch deine Gefühle nicht verleugnen. Das bringt nichts. Ich fühle mich verantwortlich. Sie benutzt immer wieder die gleichen Wendungen. Wahrscheinlich ist sie darauf programmiert und kann nichts anderes. Verschliess dich doch nicht vor der Wirklichkeit.

Aber ich werde dahinterkommen, was sich abspielt. Du Mistkerl! Du blöder Mistkerl. An manchen Tagen scheint es, als bewege ich mich durch ein Vakuum, ein luftloses Grau, hervorgerufen durch meine Antriebslosigkeit.
0000000000000000000000000000000000000000000000000
0000000000000000000000000000000000000000000000000
0000000000000000000000000000000000000000000000000
Ich habe nichts zu tun, nirgends hinzugehen. Ich meine es ernst. Sie werfen sich Blicke zu und kichern. Ich kann sie spüren. Es sind grundsätzliche und sehr handfeste Hindernisse. Wenn ich es laut ausspreche, hört es sich zu sehr nach einem fantastischen Hirngespinst an. Doch wenn ich die Einzelteile meiner Erfahrungen zusammensetze, scheint es eindeutig, dass Fantasie und Wirklichkeit sich decken. Die Art, in der man mich wie eine Spielfigur hin und her schiebt, und vieles, was sich um mich herum abspielt, weisen gewisse Gemeinsamkeiten auf, und das bestärkt mich wieder in meinem Glauben. Ich werde wütend, und die Wut macht mich begierig zu erforschen, welche Perversität hinter dem Krieg steckt. Aber meine Wut und mein Eifer werden von der seelischen Erschöpfung zu Fall gebracht, und also unternehme ich gar nichts.
0000000000000000000000000000000000000000000000000
0000000000000000000000000000000000000000000000000
0000000000000000000000000000000000000000000000000
Wenn mich der Computer anspricht, weigere ich mich, darauf einzugehen: Ich will weder seinen Trost noch seine Kameradschaft. Ich habe nie einen Krieg wie diesen erlebt. Er ist verrückt. Der Ort ist mir ein vollkommenes Rätsel. Grünes Licht, grüner Schatten. Ich bin nicht sicher, wieviel ich dir davon erzählen soll. Nach der offiziellen Darstellung steht er unter Quarantäne, aber niemand kann sagen, welche Krankheit der Grund für diese Quarantäne ist. Es gibt Gerüchte über Strassenkämpfe … und sogar noch schlimmere Dinge. Vieles hört sich geradezu lächerlich an, aber man hört

es immer wieder. Das ist alles. Ich habe keinerlei Bestätigung dafür, natürlich nicht. Es ist schön. Staubstürme fegen in Richtung Süden, und die Sonnenuntergänge ... unglaublich. Wie eine prähistorische Landschaft. Es ist eine herrliche Nacht. Sterne, viel mehr Sterne, weil die Luft so klar ist. Ein sichelförmiger Mond, kalt und silbern. Kühle Luft. Eine Nacht voller Klarheit. Mein Gott, wie sie spielt. So fliessend, so ausdrucksvoll. Ich bin ständig leicht benommen. Ich gehe bald weg, sagt sie mit eisiger Stimme. Es wäre leichter, wenn jemand dabei wäre. Ich habe keine Kraft mehr dafür. Wenn es wahr ist. Natürlich ist es wahr. Ich kann es nicht verbergen, ich konnte es nie verbergen. Weil es verdächtig ist, weil alles verdächtig ist. Und vielleicht ist mangelndes Wissen ein Stimulans für Gefühle, vielleicht sind die Dinge besonders anregend, wenn sie etwas unreal bleiben ... Sie geniesst es, sie fühlt sich verstanden und geachtet. Brutaler, schweissiger, animalischer Sex. Ich kann mich nicht erinnern, sagt sie trotzig. Es gibt so viel ... der Luxus lässt nichts zu wünschen übrig. Mach, dass du aus dem Weg kommst, du Scheisskerl! Ein wortloses Brummen der Gedanken, ein elektrisches Knistern der Einbildung und der Wünsche, so geistlos und unsinnig ... Nirgends echte Substanz, jedenfalls nicht innerhalb meiner Reichweite. Uns wird nichts geschehen. Aber es macht keinen glücklich. Macht einen auch nicht traurig. Es ist einfach ... na ja, gar nix, wisst ihr. Alles bleibt verdächtig.
000000000000000000000000000000000000000000000000000000
000000000000000000000000000000000000000000000000000000
000000000000000000000000000000000000000000000000000000
Ich kenne alle Einzelheiten der Szene, kenne ihre Namen und ihren Zweck, und doch fehlen irgendwie die Zusammenhänge. Der Fehler liegt an mir, daran, dass ich hier bin. Plötzlich kommt es mir vollkommen richtig vor, dass ich gehe. Mehr als richtig. Vielleicht ist mein Wunsch zu gehen aber auch angestachelt von einem Gefühl des verzweifelten Triumphes, vielleicht brauche ich einfach einen Sieg, und jetzt glaube ich,

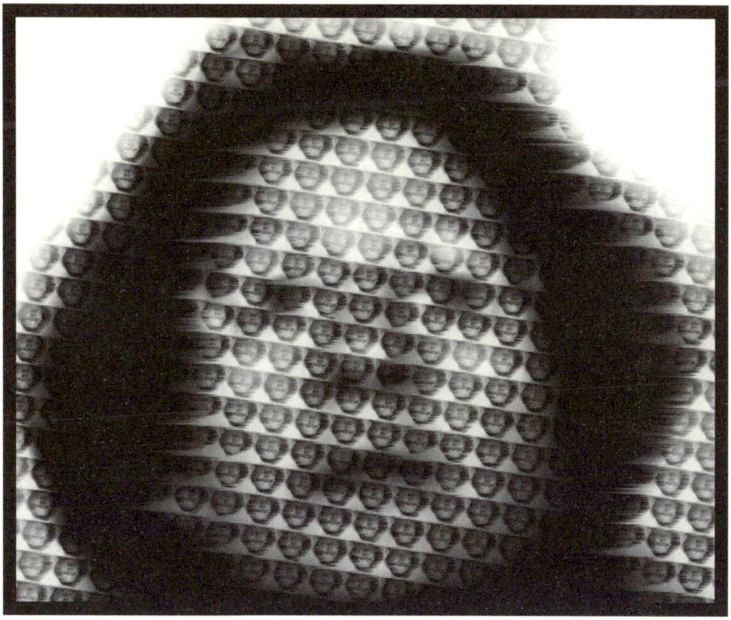

dass ich einen erringen kann. Nein, denke ich. Das glaube ich nicht. Trotz der Dinge, die ich gesehen habe, bin ich der Ansicht, dass die Zukunft niemals ganz feststeht, gleichgültig, wie klar man sie vor Augen sieht. Aber sie kann sich an all das nicht mehr erinnern, sie hat sich ins Nichts verkrochen. Was das Herz erschafft, kann der Geist nicht zerstören, ha ha. Bitte, ich habe die Dinge seit Jahren nicht mehr so klar erkannt. Vielleicht ist dies meine letzte Chance. Die Familie? Das Zeug, stimmt es? Sie pflegt uns Geschichten über die Familie zu erzählen, über die Fehde. Sie schüttelt dabei den Kopf, als laste die ganze Sache ihr schwer auf der Seele, aber sie geniesst die Geschichten, die blutige Vergangenheit bereitet ihr Vergnügen. Man erkennt es an der Art, wie sie sie ausschmückt. Bei ihr klingt der Horror elegant. Ihr wollt doch herausfinden, was gespielt wird, oder nicht? Sie übertreibt die Schrecknisse ihrer Bestimmung. Man wird sich um sie kümmern. Ja, man wird sich um mich kümmern. Ich kann den ganzen Tag in einem Raum sitzen, ohne dass ein Gedanke mich belästigt. Eine Mischung aus Gnadentod und Exekution.
0000000000000000000000000000000000000000000000000000000
0000000000000000000000000000000000000000000000000000000
0000000000000000000000000000000000000000000000000000000
Ich empfinde zu viel. Ich will nicht, dass das … mich schwächt. Ich meine, welche Wirkung Gefühle auf die Entschlusskraft haben. Eins steht fest: wir werden manipuliert. Allerdings unterlaufen ihnen immer wieder Fehler. Sie sind geschickt, aber unvorsichtig. Alles, was geschieht, unterliegt irgendwie dem Zufall. Ich habe es an mir selbst festgestellt, und ich erkenne es an all dem Scheiss, der mir passiert. Wenn wir es schaffen, einen kühlen Kopf zu bewahren, wenn wir niemandem trauen als uns gegenseitig, können wir sie vielleicht überrumpeln. Yeah, also, wie auch immer. Einverstanden? Aber ich weiss, wem dieser Schrei wirklich gilt. Menschen sind Unkraut in dieser Gegend. Und ich hab immer noch Angst vor dir. Ich war ganz schön blöd, dass ich

so lang gebraucht hab, um durchzublicken. Mischmasch aus Kameradschaft und Rivalität. Wir werden uns gegenseitig brauchen. Nein, ich fühl nix. Warum soll ich denn was fühlen? Fühlen bedeutet doch gar nix. Ich will nix fühlen. Sie lässt die Faust auf den Tisch niedersausen. Was ist denn los? Aber sie schämt sich. Das war nicht so besonders klug. Also, ich erzähls dir. Eine kalte Ruhelosigkeit ergreift mich, aber ich will es nicht wahrhaben. Für mich ist das nicht nur so ein Spielchen.
000000000000000000000000000000000000000000000000000000
000000000000000000000000000000000000000000000000000000
000000000000000000000000000000000000000000000000000000
Ich reiss mir den Arsch auf für die Sache, ich erledige Dinge, für die sonst niemand die Nerven hat. Komm und leb mit mir … Du brauchst nur zu fragen … Vielleicht hab ich die Antworten auf all die Fragen, die dich quälen. Ihre Entwicklung ist durch den Krieg aufgehalten worden, sie kann alle ihre Wahrnehmungen in schlichte Kategorien einordnen: schwarz und weiss, pro und kontra. Ich spüre ein ähnliches Hemmnis bei mir selbst, meine Entwicklung ist durch eine entsprechende Erziehung in ein bestimmtes Muster gezwungen, etwa so, wie japanische Gärtner die Äste von Bäumen festbinden, damit sie sich in die gewünschte Richtung krümmen.
000000000000000000000000000000000000000000000000000000
000000000000000000000000000000000000000000000000000000
000000000000000000000000000000000000000000000000000000
Es gefällt mir. Ich gehe hin und her, lache und weine. Ich weiss auch, dass das nichts ändern wird. Ich habe den Eindruck, dass ihre Art der Ehrlichkeit - diese plötzlichen Enthüllungen und Geständnisse - Rauchkulissen sind. Nicht, dass es Lügen sind … eher ein Mittel, um vielleicht eine grosse Wahrheit zu verschleiern, die sie selbst nicht versteht. So muss es wohl sein, sage ich mir. Sie versteht sich selbst nicht gut genug, um Wahrheit zu praktizieren. Selbstentlarvung ist

ein unerfreuliches Unterfangen. Was für ein Idiot ich gewesen bin. Schlecht ausgedachte Rollen, schlecht gespielt. Ich versuche, die Spur meines Gedankens wieder aufzunehmen, aber er hat keine Bedeutung mehr. Nichts von alledem hat Bedeutung, nichts hat Gewicht. Yeah. Mir ist es egal. Ich fang ganz für mich allein noch mal von vorn damit an, verstehst du? Und überhaupt - warum erzählst du mir dauernd diesen Scheiss?
0000000000000000000000000000000000000000000000000
0000000000000000000000000000000000000000000000000
0000000000000000000000000000000000000000000000000
Läufst du weg? Nein, das ist es nicht. Das ergibt doch keinen Sinn. Du führst doch was im Schilde. Das sieht ja ein Blöder. So? Wieso? Ich tu so, als ob mich das gar nicht richtig interessiert. Es hätte mir eigentlich von Anfang an klar sein müssen. Die vielen kleinen Auflösungen, die sie bietet, sind so angelegt, dass sie sich verrät. Schlauheit ist gar nicht erforderlich. Ich sehe, was hier gespielt wird. Ob du deine Lage durchschaust oder nicht, hat keine Auswirkung auf die Gefahren, die auf dich warten. Ich hab etwas gehört. Wahrscheinlich den Wind. Es gibt sowieso nichts zu sehen. Ich habe nachgedacht. Darüber, wie ich mich verändert habe. Was weiss ich?
0000000000000000000000000000000000000000000000000
0000000000000000000000000000000000000000000000000
0000000000000000000000000000000000000000000000000
Die Art, wie sie mit uns umgehen, die ganzen Spielchen. Versuch doch, sie unschädlich zu machen. Du machst den Eindruck, als ob du ganz wo anders wärst. Vielleicht ist es die beste Taktik, ihr kräftig eins draufzugeben. Ich komme gleich zurück, ich denke nur nach. Probier mal, ob du sie besänftigen kannst. Warum ich euch das nicht schon früher erzählt hab? Warum ich es euch jetzt erzähle? Weil sie ein Spiel spielt. Für sie ist alles ein Spiel. Aber wir werden nicht versagen. Wir machen täglich Fortschritte. Weisst du was? Ich

glaube, du meinst es sogar ernst. Und das macht mir Angst. Du meinst es so gottverdammt ernst, und du bildest dir ein, Ernsthaftigkeit rechtfertigt alles. Jede Laune und jede Greueltat. Und dann übernimmst du meinen Platz, was? Wer bist du? Mich interessiert deine gottverdammte Philosophie nicht. Ich will wissen, was du treibst ... für wen du arbeitest. Ich traue dir nicht. Es wäre also besser, du würdest mir etwas erklären. Du scheinst okay zu sein. Aber es könnte sein, dass in dir Dinge verborgen sind, Fallen, Befehle. Dinge, von denen nicht einmal du etwas weisst. So, jetzt erzähl mir was von dir! Ich lebe nur. Was ist das hier für eine Geschichte? Sie macht eine Geste der Hilflosigkeit. Hier geht etwas vor sich ... etwas Ausserordentliches. Es ist schwer zu erklären. Zunächst erscheint das zusammenhanglos, zufällig. Doch bin ich zu der Ansicht gelangt, dass diese Erscheinung das Herzstück eines Verschmelzungsprozcsses ist, der hier stattfindet. Man kann diesen Prozess in allen Bereichen des Lebens beobachten, und ich glaube, all das ist nur die Spiegelung von etwas viel Wichtigerem, das den gleichen Prozess durchmacht. Es ist noch nicht klar. Ihr müsst hierbleiben, um die Wahrheit meiner Worte zu erkennen. Wir fügen immer neue Teile zu dem Bild hinzu und eines Tages wird es vollendet sein. Warum wollt ihr uns so schnell loswerden?
00000000000000000000000000000000000000000000000000
00000000000000000000000000000000000000000000000000
00000000000000000000000000000000000000000000000000
Nichts, absolut gar nichts. Die Nächte sind grauenvoll. Ich bekomme eine Vorstellung davon, warum Hunde den Mond anheulen. Und jetzt glaubst du also auch, dass das Biest existiert. Diese Wahrheit hat etwas Verlockendes. Und wie jede Wahrheit ist sie äusserst kompliziert in ihren Auswirkungen. Horch! Finde deine eigene Anwort! Ich habe meine auch gefunden. Ich brauche keine verdammten Bilder über den Krieg. Aber man muss doch versuchen, menschliche Werte zu bewahren, oder nicht? Die Mechanik unter der ober-

flächlichen Realität. Das liegt daran, dass der Kampf keine Ende findet. Ich bin gefangen in diesem Raum. Es gibt nichts zu sehen, sogar die Farben sind ausgebleicht und hässlich. Es nützt niemandem, dass ich hier bin. Es ist keine Flucht und kein Rückzug. Es ist einfach meine Bestimmung, hier zu sein. Wie ein Beruf. Niemand braucht mich, niemand spricht mit mir. Ja, ich weiss gar nicht, wie das geht - sprechen. Sie stösst ein nervöses Lachen aus. Das ist gar nicht weit von der Wirklichkeit entfernt. Ich will sie nicht knallhart zurückweisen, sie verletzen. Mir gefällt die Art von sinnlichem Pessimismus. Natürlich habe ich keine Verantwortung, niemand hat eine ... oder wenn doch, dann handeln sie kaum nach einem bestimmten Plan. Warum passiert das immer wieder? Ich meine, ich spüre, wie etwas anfängt. Spüre, wie mein Körper reagiert. Und ich versuche, es unter Kontrolle zu bringen. Aber ich kann es nicht aufhalten, ich kann es nicht einmal verzögern. Vielleicht bin ich eine neue Züchtung. Hat sie überhaupt eine Chance? Kaum. Die Sprengsätze sind überall. Ihr Geist weist so gut wie keine Struktur auf, ihr Denken läuft langsam, zäh und träge. Ich möchte mich übergeben, auf irgendeine Art heftig reagieren, aber ich bin nur benommen.
000000000000000000000000000000000000000000000000
000000000000000000000000000000000000000000000000
000000000000000000000000000000000000000000000000
Das erste ist, dass du ihnen eine schlechte Nachricht bringst, etwas Unerfreuliches erzählst. Sie sind nicht beeindruckt. Und deshalb ist mir jede Möglichkeit für eine Beziehung genommen. Sie erwarten etwas Besseres. Sie sind sogar richtig enttäuscht. Ihre Intensität bringt mir meine eigene wachsende Ambivalenz zu Bewusstsein, aber ich versuche, mir nichts anmerken zu lassen. Ob gut oder böse, weiss ich nicht, und es ist mir gleichgültig. Keine Angst. Ich bin harmlos. Geh nicht weg. Sie wird sich beruhigen. Das ist jedesmal so. Einverstanden? Lass mich raus. Ich will deine verdammten Geschichten nicht hören. Sie haben mich entblösst. Haben

behauptet, ich hätte sie betrogen. Sie strotzen von edlen Absichten, aber sie tun nichts als Unrecht. Es sind Monster. Du solltest es am besten wissen, du bist genau so eins. Ich liebe dich nicht ... ja, du ekelst mich langsam an. Lass mich in Ruhe! Raus! Nein, ich kann nicht. Die Vorstellung, dass du mich berührst ... ist abstossend. Verschwinde! Ich habe versucht, dich zu erniedrigen. Ich glaube, es hat funktioniert. Einen Augenblick lang bin ich wütend, doch dann stehe ich auf, wandere auf und ab, spuke in der Dunkelheit meines Badezimmers herum und sinne nach Heilmitteln. Ich erkenne, dass es keinen Grund zur Wut gibt, keinen Grund, eine Wahl zu treffen, keinen Grund, warum wir unser Leben nicht zerstören sollten ... Schliesslich ist unser Leben längst zerstört, und welchen Sinn hat es, sich einer Welt zu verweigern, die darauf wartet, uns in Klumpen von Schmerz zu verwandeln? Was gibt es dazu zu sagen? Jeder Krieg hat seinen eigenen Charakter. Dieser beschissene Krieg ist der letzte Scheissdreck. Man spürt überhaupt nichts. Ich meine ... man spürt schon etwas, aber das ist was anderes.
000000000000000000000000000000000000000000000000000000
000000000000000000000000000000000000000000000000000000
000000000000000000000000000000000000000000000000000000
Ihr Tonfall wird immer überschwenglicher und ihr Redeschwall immer flüssiger. Es ist das Drama an sich. Ritual und Schicksal treffen zusammen. Ist es fair, das so zu sagen? Reicht das? Was soll das Ganze eigentlich? Engel, kannst du mich empfangen? Was stimmt mit mir nicht? Irgendwas an mir ist total im Arsch, oder nicht? Sie ist nicht so gut drauf. Sie schläft gern. Klar, schon gut. Es wäre hier gar nicht so schlecht, wenn der Krieg nicht wäre. Auf jeden Fall ist es eine harte Sache. Wirklich ganz schön hart. Das Problem ist nur, dass ich keine besonders angenehmer Mensch geworden bin. Nicht einmal durchschnittlich angenehm. Meine Begabung für Gewalt und Gleichgültigkeit schliesst das aus. Es ist vorbei. Ich bin unfähig, mich aus meiner Hülle düsterer

Spekulationen zu befreien. Reglos bleibe ich stehen und warte, dass sie weiterspricht. Frieden. Es wird Frieden geben. Aber ich kann nichts damit anfangen. Sieh mal ... ach, macht nichts. Ich bin nicht bei der Sache, nicht interessiert. Aber du wirst schon sehen! Komm mit! Sprich mit den Leuten! Dann wirst du dich besser fühlen. Manchmal denke ich, jetzt hört sie auf mit dem Getue. Vielleicht gibt sich das noch. Denkst du daran, abzuhauen? Daran denke ich die ganze Zeit. Die ganze Zeit. Ist das nicht scheisskomisch?
00000000000000000000000000000000000000000000000000
00000000000000000000000000000000000000000000000000
00000000000000000000000000000000000000000000000000
Absichten? Was für Absichten? Wovon redest du? Ach was, alles Scheisse. Ich bin irgendwie im Arsch. Könnte sein, dass du es nicht anders gewollt hast. Wie in deiner Geschichte ... sie endet mit dem Tod des fiktiven Autors. Dieses Ende trägt deine Handschrift. Sie versucht, sich zu erheben, schüttelt den Kopf und greift nach der Tischkante. Sie sinkt im Sessel zusammen. Die scharfe Klarheit des Augenblicks beunruhigt mich, und ich drehe mich blitzschnell um, überzeugt davon, dass sich hinter mir eine Falle aufgetan hat. Aber da ist nur die geschlossene Tür und Stille. Es ist nichts anderes als das Muster des Bluts, das sich endlos ausdehnt. Ich erkenne, dass ich das Unvermeidliche nur hinauszögere. Die Botschaft: man kann den Geist auf Null reduzieren. Das Nachspiel eines schalen Sieges. Nichts. Es war nur ein Traum. Es ist auf eine andere Art schlecht als hier. Das ist keine Sache zum Spassen, das merke ich schon die ganze Zeit. Ihr Scheisser gehört in Käfige gesperrt. Sie hat vor Aufregung gerötete Wangen, und in ihren Augen liegt eine Intensität, die nicht nur auf natürliches Wohlbefinden zurückzuführen ist. Alles ist bestens. Amüsierst du dich gut? Ach, übrigens, worin besteht deine Arbeit? Immer noch zornig, wie ich feststelle. Das ist gut, das ist gut. Du stellst deine Anstrengungen in ein zu bescheidenes Licht. Niemand würde so viele Stunden in etwas

investieren, wenn ihm nicht ungeheuer viel daran läge. Ich glaube, darüber werde ich dich noch für einige Zeit im Dunkeln lassen, du Arschloch. Ein Scheissdreck ist dir bewusst. Früher oder später wird irgendjemand zu dem Schluss kommen, dass sie zu stark ist, als dass man ihr vertrauen kann, oder auch aus einem eher persönlichen Grund einen Richterspruch über mich fällen. Ich gehe ein bisschen spazieren. Die Leute wenden den Blick von mir ab, weil sie nicht dabei ertappt werden wollen, dass sie mich anstarren. Ihr gemeinsames Interesse reicht aus, mich zu verdammen. Du bist blass. Glas splittert. Meine Sinne setzen immer wieder aus, ich schwebe zurück in die Bewusstlosigkeit. Ich sollte eigentlich irgendetwas empfinden. Zumindest Angst, denn ich werde wahrscheinlich sterben. Ich habe kein Mitleid mit ihnen. Sie sind unwichtig, zufällig, und ich habe ohnehin schon zuviel Zeit mit ihnen vertan. Hier ist kein Platz für Sentimentalität. Das ist nichts, sagt sie, und ich spüre, wie mir eine Mischung aus Wut und Fröhlichkeit in den Kopf steigt. Aber damit ist auch bald Schluss. Ich geniesse meine dramatische Darbietung. Das ist lächerlich. Ja, ja! Und seither ist sie verrückt. Aber sie hat es geschafft, dass alle glauben, ihre Verrücktheit sei etwas anderes. Hingabe, Leistung. Sie hat nur auf ihre Chance gewartet. Was wir hier tun, Leute, nennt man das Aufrollen eines geistigen Feldes. Kinderleicht, wenn man einmal den Ansatz gefunden hat. Aus dir wird ein vortrefflicher Soldat werden. Sie bringt ein schwaches Lächeln zustande.
00000000000000000000000000000000000000000000000000
00000000000000000000000000000000000000000000000000
00000000000000000000000000000000000000000000000000
Aber es wird hart werden. Hast du eine Ahnung, wie hart es werden wird? Geschlagen zu werden, ist in ihrem Konzept nicht vorgesehen. Wir verstehen deine Reaktion. Aber wir können nicht zulassen, dass du die Dinge selbst in die Hand nimmst. Die Vorstellung ist noch nicht zu Ende, Leute. Es ist

Zeit für das grosse Finale. Einen Moment lang ist es mir einfach egal ... ist mir alles egal. Sie scheint in diesem Chaos zu Hause zu sein, verzweifelt ... doch sie kann ihre Verzweiflung in nutzbringende Bahnen lenken. Los! ruft sie. Weiter! Auch das kann ich fühlen. Alte Positionen werden neu bestimmt, Verbindungen auseinandergerissen und neu gebildet, schattige Winkel ihrer Seele liegen mit einem Mal im Licht. Warum hast du das gemacht? Ich hatte keine Wahl. Es ist nur traurig, dass du nicht wirklich daran glaubst. Du willst nicht, dass es wahr ist. Aber wenn du es erst einmal als Wahrheit akzeptierst, dann werden auch andere Wahrheiten anwendbar, und du wirst sehen, dass die Dinge gar nicht so schlimm sind. Denk daran! Es wird noch viel schlimmer, bevor es besser wird. Und wenn es dann endlich besser wird, dann ist es dir gleichgültig, ob so oder so. Zumindest wird es dir nicht mehr so viel ausmachen wie jetzt. Ich hätte ihnen niemals glauben sollen. Deine Träume, deine Halluzinationen von der Zukunft ... sie müssen zutreffend sein. Ich habe es nicht gleich verstanden, aber jetzt gibt es keinen Zweifel mehr. Ich will es in meinem Stil erledigen, kühl und ohne grosses Getue. Du weisst nicht, was ich empfinde. Röntgenblick. Es wird immer schwerer, alles zusammenzuhalten. Träume. Unnütze Träume. Und selbstzerstörerisch dazu. Ich muss diese Sache allein durchstehen. Ganz gleich, was es kostet. Was wir tun, ist nicht richtig. Nichts von alledem ist richtig. Hybris. Ein Summer ertönt. Im Hintergrund höre ich undeutliche Stimmen. Ich öffne die Augen. Es kostet Kraft. Meine Lider sind bleiern und ich möchte schlafen. Aber ich darf nicht schlafen. Noch nicht.